KB007257

그래도
끝까지
살아볼 겁니다

진창을 헤치고 해 뜰 날을 만날 테니까

그래도
끝까지
살아볼 겁니다

서진후 지음

빌리버튼 billy button

Contents

Part 3.　묵묵히 견뎌야 하는 시간이 있다

Part 4.　더 이상 가난하게 살지 않겠다

Part

1

당신과 이혼한

나를 칭찬합니다

한 달만 집 구할
시간을 줘

애들 아빠와 이혼을 합의했다.

스물세 살에 시작한 9년의 결혼생활 이후 내게 남은 건 아이 둘과 돌이킬 수 없을 만큼 나빠진 부부 사이뿐이었다. 수없이 많은 사건을 겪고 인내와 불신, 그리고 서로에 대한 몰이해만이 남았다. 남편은 '엄마와 사이가 안 좋은 여자와는 살 수 없다'는 것이 자신의 결론이라고 했다. 이혼은 당연한 수순이고 얼굴도 보기 싫으니 빨리 나가달라고 했다.

그 일이 있기 며칠 전, 남편은 술을 마시고 들어와 아이들 옆에서 자고 있던 내 머리채를 잡고 아파트 복도까지 끌어냈다. 이웃들이 다 보는 가운데 나를 질질 끌고 다니고, 죽으라고 소리치며 창문으로 밀었다. 남편은 이웃의 신고로 연행되었다. 이혼이라는 단어를 먼저 꺼낸 것, 심지어 경찰에게 '남편의 처벌을 바라지 않는다'라고 진술해달라고 한 것에 대해 끝내 사과하거나 고마워하지 않았다.

"……죽은 듯이 지낼게. 이제 어머니한테 말대답도 안 할게."

금이 갈 대로 간 부부 사이, 남편의 외도, 고부갈등, 시가 식구들과의 불편한 관계는 내가 감당할 테니 아이들이 대학교를 졸업할 때까지만 가정을 유지하자고 부탁했다. 지금껏 그랬듯 부부로서 정이 없어도 되고, 다른 여자를 만나도 뭐라고 하지 않을 테니 가정만은 지키자고 했다. 얼마 전 나를 앉혀놓고 '그동안은 올케가 남편 사랑 못 받고 사는 거 아니니까 봐준 거다'라고 말하던 시누의 표정이 뇌리를 스쳤다.

'그래, 난 사랑 못 받는 아내고 딱한 올케지, 참.'

죽은 듯이 지내겠다고, 애들 대학 갈 때까지만 이혼하지 말자고 부탁하는 내 모습이 죽고 싶을 만큼 수치스러웠다. 남편은 고민하는 기색도 없이 말했다.

"싫어."

사실은 아이들이 마음에 걸렸을 뿐, 내 마음도 반반이었다. 가정을 유지한다고 해도 너 따위에게 절대로 눈길 주지 않을 거라고, 당신은 이미 내 마음속에서 죽었다고 마음을 정한 터였다. 만약 이혼하지 않았다면 아이들을 지킨다는 이유 하나만으로 남편과 시가로부터 거지 같은 대우를 받으며 결혼생활을 유지해야 했을 것이다.

"알았어. 당신 생각이 그렇다면 어쩔 수 없지. 대신 한 달만 집 구할 시간을 줘. 아이들 데리고 나갈게."

남편은 처음에는 아이들을 보내지 않으려고 했다. 시어머니께서 아이들을 많이 예뻐해 힘들어하실 것이 불 보듯 뻔했기 때문이다. 하지만 아이들 없이 이 집에서 나가는 일은 없을 거라고 못 박자 그제야 아이들과 나가라고 했다. 핏줄을, 가정을 지키는 것보다 보기 싫은 마누라를 당장 내치는 것이 더 중요했던 사람, 그 한결같은 어리석음에 탄식할 수밖에 없었다.

위자료나 생활비 같은 것은 안중에도 없었다. 시어머니를 모시고 살며 시가 식구들까지 감당해야 했던 결혼 생활을 끝내주겠다는데, 더군다나 내 인생의 1순위인 아이들을 데리고 나올 수 있다는데 망설일 이유가 없었다. 아이들의 상처와 양육에 대한 걱정보다는 드디어 이 지옥에서 벗어날 수 있다는 생각에 속도 없이 설레었다.

맞벌이를 했지만, 내게는 모아둔 돈이 없었고 남편이 집 구하라고 돈을 줄 사람도 아니었다. 돈 좀 달라고 말하기도 싫었을뿐더러 '능력도 없이 아이들을 데리고 가려고 했냐'라고 빈정대는 것을 듣기도 싫었다. 보험 회사에 전화해 대출 한도를 물어보았다. 내가 빌릴 수 있는 돈은 3천만 원이었다. 대출받을 돈이 있다는 것만으로도 감사했다.

퇴근 후 집을 알아보기 시작했다. 예산이 적으니 다가

구주택이나 낡아빠진 빌라 위주로 볼 수밖에 없었다. 3천만 원이라는 조건으로 소개받은 집은 대부분 반지하였다. 어쩌다 1층 전셋집이 있다고 해서 반갑게 가보았을 땐 아래층에 무속인이 영업을 하고 있었다. 빌라 입구에 대나무와 요란한 깃발이 꽂혀 있었다.

며칠 더 발품을 팔았다. 이 돈으로는 턱도 없구나, 좌절할 즈음 달동네에 1층 전셋집이 하나 나왔다. 할머니가 홀로 쓰시던 집이라고 했다. 아무래도 괜찮았다. 집을 구했다는 사실에 마냥 기뻤다. 계약서를 쓰고 그 집에 가보았다. 좁은 방이 두 개, 그보다 좁은 거실 겸 주방이 하나, 세탁기를 놓으면 쭈그려 앉아서 세수할 수 있는, 천장이 낮은 화장실도 하나. 하지만 불평할 수 없었다.

교대근무를 했던 나는 근무 다음 날이면 어김없이 전셋집으로 달려갔다. 집을 보수해야 하는데 돈이 없었다. 지금까지 아파트에서 불편함 없이 자란 아이들이 이 집에 거부감을 느끼지 않도록 애썼다. 이사까지 한 달, 한 번도 해본 적 없던 집 수리를 하기로 결심했다.

그 여름,
홀로 둥지를 만들다

집주인은 벽지와 장판이 아직 멀쩡하다며 새로 해줄 기미를 보이지 않았다. 재개발을 앞두고 있어 사람들이 빠져나가고 있는 달동네였다. 페인트 가게에 가서 문 3개를 칠하려는데 얼마나 드냐고 물어보니 인건비에 재룟값까지 거의 30만 원을 불렀다. 예상은 했지만, 내겐 너무 비쌌다.

페인트와 붓을 사 들고 달동네 오르막길을 타박타박 걸어 올라갔다. 오래된 문을 흰색으로 세 번씩 칠하고 노랗게 벗겨진 문고리를 교체했다. 녹슨 싱크대 경첩을 일일이 떼어내고 새것으로 바꿨다. 녹이 슬어 나사를 푸는 것조차 어려웠다. 구석구석 죽어 있는 벌레 사체도 털어냈다. 아이들을 생각해 오래된 욕실 타일 위에 미끄럼 방지 스티커를 붙였다. 이럴 땐 욕실이 넓지 않아 다행이라는 생각도 들었다. 샤워기 호스와 헤드를 바꿔 달았다. 여전히 낡은 화장실에 불과하지만 적어도 새 샤워기로 씻기고 싶었다. 생활용품점에서 산 싸구려 드라이버와 망치로 종일 빈집을 수리했다. 손에 물집이 잡히고 굳은살이 박이기 시작했지만 아무래도 괜찮았다.

8월의 끝자락이었다. 바람 한 점 들지 않는 좁은 집에서 선풍기는커녕 부채 하나 없이 굵은 땀방울을 흘렸다.

'조금만 더 빨리! 이것만 끝내면 그 집에서 탈출할 수 있어.'

주문을 외우듯 중얼거렸다. 앞으로의 날들은 두렵지도, 무섭지도 않았다. 다만 남편이 번복할까 봐, 잠시도 있고 싶지 않은 그 집에 하루라도 더 머물러야 할까 봐 두려웠다.

뜨겁던 태양이 조금씩 수그러질 때쯤, 배가 고파왔다.

밤샘근무 후 곧장 이곳으로 퇴근해서 집을 수리하느라 아무것도 못 먹은 것이 생각났다. 시원한 냉면이 먹고 싶었지만, 식욕마저 사치인 것 같아 옥수수 2개를 사왔다. 낡은 싱크대에 기대어 털썩 앉았다. 아직은 낯선 벽지를 멍하니 바라보며 옥수수를 한 알씩 뜯었다.

괴로웠던 결혼생활과 지금 내 모습을 떠올렸다. 이것저것 따져보지도 않고 사람 하나만 보고 올렸던 결혼식, 내가 선택한 사람에 대해 그 어떤 반대도 하지 않으셨던 엄마. 복잡한 감정이 밀려왔다. 흐느껴 우는 것처럼 어깨가 들썩거렸지만, 눈물은 한 방울도 나오지 않았다. 땀을 너무 쏟은 탓일까? 더 이상 몸에서 나올 물이 없었던 모양이다.

아직 인사도 나누지 않은 아랫집 아저씨가 우리 집을 힐끗거렸다. 새댁이 이 낡은 집을 며칠이나 뚝딱뚝딱 고치는 것을 봐 왔으리라. 인사하고 싶은 기분이 아니었다. 이 동네에서 얼마나 살게 될지는 모르겠지만, 철저하게 은둔하리라, 출퇴근할 때 말고는 집 밖으로 나가지 않으리라, 우리 아이들을 절대 보여주지 않으리라 결심했다.

어느덧 아이들이 어린이집에서 돌아올 시간이었다. 그

집으로 돌아가야 했다. 하루 중 가장 힘든 시간이 기다리고 있었다. 도살장에 끌려가는 늙은 소처럼 걸었다. 그 집에 돌아가는 것이 죽기보다 싫었지만 햇살 같은 내 아이들을 보려면 돌아가야만 했다. 시어머니가 송곳 같은 눈빛으로 쏘아보며 야멸찬 소리를 해도 가만히 듣고 있어야 하는 곳, 살아도 죽은 것과 마찬가지인 기분으로 버텨야 하는 그곳이 나를 기다리고 있었다.

아파트 주차장에 도착해 심호흡했다. 고생한 두 손은 빨갛게 부어올랐고, 하루 종일 땀 흘린 몸에서는 말도 못 할 쉰내가 났다. 입꼬리를 힘껏 끌어올렸다. 아이들에게는 명랑하고 밝은 미소만 보여주고 싶었다.

현관 비밀번호를 눌렀다. 심장이 쿵쿵 뛰었다.

그 여자에게
복수하고 싶었던 이유

"○○○씨 아시죠?"

"네. 제 고객님이신데요."

"제가 그 사람 부인입니다."

별거 전의 이야기다.

영업 실적을 올리게 될 줄 알고 호기심 어린 눈으로 나를 보던 그 여자의 눈빛이 흔들렸다. 남편 휴대폰에는 남자 이름으로 저장되어 있지만, 그 사람은 분명히 여자였다. 남편 차에는 그 여자의 영업 판촉물이 가득했다. 고객의 아내라는데 정상적인 영업인이라면 반갑게 인사하지 않나? 그 여자는 나보다 나이가 많았고 보란 듯이 명품 가방을 테이블 위에 올려두고 있었다. 싸늘해진 그 여자는 눈빛으로 '그래서요?'라고 묻는 듯했다.

"그쪽이 제 남편한테 보낸 문자, 제가 다 봤어요."

"무슨 문자요? 오해하신 모양인데, 고객 관리 차원에서 연락했을 뿐이에요. 무슨 말씀을 하시는 거죠?"

"사랑한다고, 보고 싶다고 문자 보내는 것도 고객 관리인가요?"

여자는 멈칫했다. 대낮에 패스트푸드점에서 만나기로 한 것이 다행스러웠다. 애초에 머리채 잡고 싸울 기운도 없었지만, 비싼 커피가 나오는 분위기 좋은 카페에서 이런 이야기를 했다면 더 억울할 것 같았다. 두 여자가 심각한 이야기를 나누는 가운데 주위는 학생들, 어린아이를 데리고 온 엄마들 덕에 왁자지껄했다. 우리를 전혀 고려하지 않은 소란스러운 풍경이 말없이 눈물을 흘리거나 상대를 향해 물을 뿌리는 드라마 장면보다 마음에 들었다.

경고만 해둘 참이었다. "이런 미친 년!" 하며 요절을 내겠다는 생각은 없었다. 당장 이혼한 뒤 남편 직장과 그 여자 집안에 불륜 사실을 폭로하고, 소송을 진행한다면 참 속 시원하겠지만, 남편은 아직 할 일이 남아 있었다. 나에게 아이들을 빼앗기고 보기 좋게 버려져야 하며, 직장에서도 쓰레기로 소문 나야 하므로 이 타이밍에 잘려선 안 됐다. 무엇보다, 아이들에게 경제적인 책임을 다하려면 남편에게는 직장이 있어야 했다.

증거가 있냐고 잡아떼는 여자에게 집에 증거가 있다고 했다. 집에 오자마자 남편 휴대폰을 보고 메모해둔 문자 내용을 수신 시간 하나 틀리지 않고 보내줬다. 여자는 아무런 반박도 하지 않았다.

사실 증거까지 잡을 생각은 없었다. 그래서 메시지를 캡처해두지도 않았다. 나 혼자 써 내려간 소설이길 바랐다. 남자 이름으로 저장된 그 번호도, '사랑한다', '보고 싶다', '오래 못 봐서 아쉬웠다'는 그 문자도, 종종 집 앞으로 남편을 태우러 왔던 모르는 차도 다 사실이 아니길 바랐다. 그 여자의 존재는 아이들을 통해서도 점점 확실해졌다. 나 없이 아이들과 외출하는 것을 버거워하던 남편이 언제부턴가 아이 둘을 데리고 나가곤 했다. 집에 돌아온 아이들은 어떤 아줌마와 함께 시간을 보냈다고 말했다.

"아빠는 그 아줌마랑 같이 치킨 먹고 맥주 마시고, 우리는 과자 먹고 찜질방 놀이터에서 놀았어!"

대낮부터 단둘이 만나기엔 주위 시선이 부담스러웠을 것이다. 그 여자에게도 우리 아이들 또래의 자녀가 있었다. 그들은 가족 같은 그림을 연출하며 만났다. 내가 죽지 않으려고 정신과 약을 먹고 잠에 빠지길 반복하며 사투를 벌이던 때였다.

그렇게 숨겨온 두 사람 사이는 내가 그 여자를 불러냄으로써 수면 위로 떠올랐다. 그들이 더욱 조심히 만나도록 하는 계기를 만들어줬을 뿐이지만.

여자를 만나고 집에 돌아오자 예상했던 대로 남편에게 전화가 왔다. 화가 잔뜩 나서 '있지도 않은 사실을 가지고 생사람을 잡았다'며 그 여자 편을 들고 자신을 방어했다. 왜 만났는지, 만나서 무슨 이야기를 했는지, 어디서부터 오해였는지는 말하지 않았다.

"그 사람은 고마운 여자야!"

남편은 그 여자에게 고맙다고 했다. 시어머니를 모시

고 맞벌이하며, 주말은 시가 식구들에게 반납했던 나날, 친정에도 가지 못하고 혼자 명절을 준비하던 시간이 빠르게 머릿속으로 지나갔다. 자신의 아이를 낳고 대리 효도를 해주며 살아온 아내가 아닌 다른 여자에게 고맙다니. 쓴웃음이 났다. 화가 잔뜩 난 남편은 한 번만 더 그 사람에게 연락하면 가만히 있지 않겠다고 했다.

남편이 바람을 피운다는 것을 알았을 때 엉뚱하게도 '희열감'이 들었다. 마침내 이 사람이 쓰레기라는 증거를 찾아냈다는 쾌감. 내 직감이, 조바심이 착각이 아니었음을 확인받는 순간이었다. 남편이 드라마에 나오는 멍청한 남자들처럼 무릎 꿇고 눈물 콧물 짜내며 싹싹 비는 모습을 상상했다.

처음 남편의 외도를 확신하게 된 것은 평범한 주말이었다. 늦잠을 자는 남편의 휴대폰을 가져가 몰래 열었다. 남자 이름으로 저장된 번호가 있었다. 그런데 주고받은 문자 내용은 영락없이 여자였다. 두 사람은 내가 교대근무로 집을 비울 때마다 만났다. 내 근무 일정이 바뀌어 집에 있었던 날은 '오늘 보기로 했는데 갑자기 취소되어서 아쉽다'는 문자가 와 있었다. 내게 회식이 있어 좀 늦는다고 전화한 뒤 바로 그 여자와 통화한 흔적도 있었다. 약속 장소를 정하는 통화였을 것이다. 새벽녘 작은방 행거 사이에 쭈그리고 앉아 그런 문자와 통화 내역을 마주했다. 절망감에 휩싸였다.

사실 내가 가장 먼저 하고 싶었던 것은 그 여자를 찾아내 반쯤 죽여버리는 일이었다. 그리고 그 여자의 남편을 찾아가 당신이 얼마나 형편없는 배우자와 살고 있는지 알려주고 싶었다. 아내의 불륜에 땅을 치며 우는 그 여자의 남편을 보는 것, 그래서 그들의 관계에 대해 분노하는 사람이 더 있음을 확인하는 것이 내겐 보상이었다. 하지만 당장은 참아야만 했다. 누구한테든 화풀이하고 싶었다. 불륜의 증거를 발견할 때마다 머리에 쥐가 나는 것 같았다.

남편이 날 더러 '아내가 정신과 약을 먹는 중이라 온전치 못하다'고 말하고 다닌다는 것을 알게 된 후 나는 더욱 복수에 집착했다. 얼마나 깊은 관계인지, 만나서 무엇을 했는지는 중요하지 않았다.

예상대로 나와 마주한 그 여자는 시치미를 뗐고 나는 의심병으로 미친 여자가 되었다. 남편만 문제가 아니었다. 지금껏 남편에게 조롱당하고 무시당한 것도 억울한

데 생판 모르는 여자, 그것도 남편의 불륜 상대조차 나를 우습게 여긴다는 생각에 분노했다. 어떻게 하면 복수할 수 있을까? 어떻게 하면 이 여자가 피눈물을 흘릴까? 온통 그 생각만 했다.

그 무렵 나는 상담 치료를 받고 있었다. 상담 선생님은 분노와 복수심에 가득 찬 내 시선이 향하는 곳을 우려했다. 좋지 않은 방향이라고 했다.

"중요한 건 남편과의 관계 개선이에요. 지금은 복수심 때문에 남편과의 사이가 점점 험악해질 뿐더러 남편의 심기를 더 건드리고 있잖아요. 과연 이게 도움이 될까요?"

남편의 심기? 내가 왜 바람 피운 남편의 마음을 헤아려야 한단 말인가? 그럴수록 '어떻게 하면 그 여자에게 고통을 줄 수 있을까'만 생각했다. 직장을 알고 있으니 민원을 넣을까? 타이어에 펑크를 낼까? 별생각을 다 했다. 어느 밤에는 그 여자가 산다는 아파트로 갔다. 딱히 뭘 하려던 건 아니었다. 단지 분노를 누르지 못해 나도 모르게 한 행동이었다. 그 여자에 대해 생각하면 할수록 고통스러워졌다.

상담 선생님은 분노에 떠는 나를 보고 조용히 말했다.

"이제 그 여자를 향한 분노나 저주는 거두세요."

목구멍까지 원망이 차올랐다. 인정하고 싶지 않은 상황이 닥쳤다. 증오심이 도움이 되지 않는다는 건 나도 알고 있다. 알면서도 내려놓지 못하고 했다.

"그럼 나는요? 내가 억울한 건요? 남편과의 관계를 회복해야 하니 그 여자는 그냥 두라고요? 그 여자는 나를 비웃었어요. 저 힘들다고요 선생님!"

상담실에서 떼를 쓰듯 울었다. 선생님은 악을 쓰는 나를 그저 지켜보고 있었다. 늘 깊은 눈으로 나의 이야기를 듣기만 하셨던 선생님 눈에서도 눈물이 흐르고 있었다.

그날 이후 나는 더 이상 그 여자에게 에너지를 쓰지 않기로 했다. 용서하겠다는 것이 아니라 마음에서 몰아내기로 했다. 담고 있을수록 내 마음만 썩을 뿐이었다. 그 여자는 나를 비웃고, 남편조차 편들어주지 않는 불쌍한

애 엄마로 봤지만, 망신을 주려던 계획은 실행하지 않기로 했다. 그 여자에게 집착할수록 남편과는 더 멀어질 것이 뻔했다. 물론 남편을 사랑한 것은 아니었다. 단지 내게 아이들을 홀로 키울 힘이 없다고 생각했다.

그 여자를 용서한다는 것, 아니 잊는다는 건 힘들었다. 내 분노의 대상은 그 여자가 아니라 여전히 나에게 사과하지 않는 남편이었다. 어떤 말을 해도 들은 체하지 않던 남편은 그 여자 이야기만 나오면 속을 보였다. 그것도 아주 한심해하고 적대시하는 마음을 말이다. 내 살을 직접 찔러서 피가 나는지 안 나는지 확인하는 꼴이었다. 복수에 집착할수록 나는 점점 더 생기를 잃고 심약해졌다. 상담 선생님은 남편과 그 여자를 노려볼 시간에 아이들과한 번 더 눈 맞추는 것이 낫지 않겠냐고 했다.

남편을 떠올리면 여전히 그 여자가 함께 떠오른다. 평생을 가지고 갈 기억일 수도 있지만, 점차 잊혀지리라 기대하고 있다. 다행인 것은 두 사람 모두 내 인생에서 중요한 사람들이 아니며, 결코 그들이 나보다 행복할 수 없을 거라는 점이다.

지옥 같았던 신혼집

야근을 하고 집에 늦게 들어온 날이었다. 꽤 늦은 시간이었는데도 남편은 역시나 귀가 전이었고 아이들과 시어머니는 자고 있었다. 아직 저녁도 못 먹었지만, 아이들이 깰세라 어둠 속에서 더듬더듬 옷을 갈아입었다. 주무시는 줄 알았던 시어머니가 왔냐는 말도 없이 대뜸 한마디를 던졌다.

"대체 언제까지 그러고 다닐 거냐? 애들은 안중에도 없냐? 여태 어디서 뭐 하다 들어와?"

속상했다. 남편과 나는 같은 업종에 종사했다. 어디서 뭘 하다 들어오는지 굳이 말하지 않아도 직장 다니는 아들을 여태 뒷바라지 해오신 시어머니께서 모를 리가 없었다.

"제가 놀다가 늦게 들어왔어요? 어머님 아들은 술 먹고 지금까지 집에 안 들어오는데 그건 왜 잔소리도 없으셔요? 제가 지금 애들 아빠처럼 술 먹고 들어왔어요?"

시어머니에 대한 존경심을 거두니 단 한마디도 지고 싶지 않았다. 며느리가 현관에 들어서는 순간부터 꼬투리를 잡는 시어머니, 아니 노인네에게 정말이지 질렸다.

예상한 대로 어머니는 다음날 새벽 기도를 가시기 전에 자는 나를 깨워 "내가 미안하다"며 울먹이셨다. 늘 이런 식이었다. 시어머니는 그전에도 네가 이러니까 아비가 마음을 못 잡는 거라며 마음을 후벼 파고, 다음날 새벽 기도 전 어떤 식으로든 회개했다. 처음엔 나도 죄송하다고 사과했다. 며느리에게 먼저 사과하는 그 마음이 진심이라고 생각했다. 하지만 퇴근하고 집에 오면 똑같은 일이 반복됐다. 새벽마다 원치 않는 사과를 받아야만 했다.

그런 시어머니와 마주치기 싫어 교회에서 돌아오시기

전에 출근하기도 했다. 한순간이라도 마주치느니 차라리 추운 새벽 버스 정류장에서 벌벌 떠는 것이 나았다.

어느 날은 출근하기 위해 현관을 나서는데 시어머니가 아파트 계단을 올라오는 소리가 들렸다. 마주치기 싫어 위층 계단으로 잠시 피했다가 문 닫히는 소리를 듣고서야 내려왔다. 그런데 시어머니는 베란다에 서서 내가 아파트 현관 밖으로 나서는 걸 보고 계셨다.

"이 씨발 년!"

순간 귀를 의심했다. 잘못 들었나? 시어머니는 교회에서 덕망 높은 권사님이셨다. 명절 때마다 값비싼 선물세트를 자신보다 젊은 목사님께 갖다 주며 교회 어른으로 칭찬받던 사람이었다. 물론 매년 빠짐없이 쌀을 보내오는 우리 친정에는 그렇게 하신 적이 없었다.

'씨발 년이라고? 내가 잘못 들은 건가?'

멍한 기분으로 베란다를 올려다봤다. 시어머니가 주먹을 휘두르며 나를 향해 욕을 퍼붓고 있었다. 이른 새벽,

아파트 주차장에 나를 향한 욕이 울려 퍼졌다. 발길을 돌려 집으로 향했다.

"방금 뭐라고 하신 거예요?"

"너는 시어미가 우습냐? 어디서 못 배워먹은 행동이냐!"

"출근하는 며느리한테 씨발 년이요? 어쩜 동네 사람들 다 들으라고 그렇게 소리를 지르세요?"

"네가 욕먹을 행동을 했으니 그렇지! 어디서 시어미를 피해 다녀!"

시어머니 눈에서 불꽃이 튀었다. 분위기가 심각해지자 남편이 나섰다. 그러자 마법 같은 일이 일어났다. 방금까지 나를 잡아먹을 듯 노려보던 눈빛이 순식간에 순한 양처럼 변했고 더 이상 날을 세우지도 않았다.

남편도, 어머니도 그날 일에 대해 끝까지 사과하지 않았다. 남편은 어머니가 큰소리로 욕하는 것을 못 본 척했거나 그럴 리 없다고 생각했을 것이다. 나만 그 기분을 고스란히 안고 출근해야 했다.

결혼한 뒤로 우리는 한 번도 쌀을 산 적이 없다. 친정에서 엄마가 매년 쌀농사를 지어 보내주신 덕이었다. 엄마가 보낸 쌀을 퍼내다 보면 꼬깃꼬깃 접은 만 원짜리 지폐가 몇 장 나왔다. 엄마는 그렇게 당신 수중에 있는 돈까지 탈탈 털어 보내주시곤 했다.

남편과 싸운 후 퇴근하고 집에 가니 뜯지 않은 쌀자루가 놓여 있었다. 예전 같았으면 시어머니가 택배를 뜯어서 종류별로 정리하셨을 텐데 쌀은 현관 바닥에 그대로 놓여 있었다.

"그거 건들지 말라고 해서 안 건드렸다. 아비가 처가에서 보낸 건 이제 필요 없다고, 돌려보낸다고 손도 대지 말라더라."

당시 남편은 나에 대한 불만이 최고조에 달한 상태였다. 읍내까지 가서 힘들게 보낸 택배가 돌아왔을 때 엄마는 어떤 표정을 지을까. 그때까지만 해도 딸이 행복하게 잘 살고 있을 것으로만 알고 있던 엄마였다.

외투를 도로 입었다. 엘리베이터도 없는 낡은 아파트 계단을 몇 번이나 오르내리며 쌀 포대를 차에 실었다. 이

쌀을 어떻게 해야 할지 몰라 시동도 못 켜고 발만 동동 굴렀다.

엄마가 새벽부터 낡은 오토바이에 실어 날랐을 그 쌀을 컴컴하고 차가운 트렁크가 아닌 조수석에 싣고 운전했다. 그 쌀 포대가 꼭 우리 엄마 같았다.

쌀을 아는 언니 집에 겨우 나눠주고 돌아오면서 씩씩하게 전화했다.

"엄마, 뭘 이렇게 많이 보냈어! 시어머니가 잘 먹겠다고, 감사하다고 꼭 전해달라고 하셨어요. 애들 아빠? 애들 아빠도 당연히 감사하다고 하지."

너덜너덜해진 가슴에 헝겊을 대충 기워가며 사는 것만 같았다.

남편의 처벌을
원하지 않습니다

7월이었다. 얇은 원피스 잠옷을 입고 거실에서 아이들과 자던 나는 별안간 머리가 들려 올라가는 느낌에 잠에서 깼다. 무슨 상황인지 알 수가 없었다. 그저 머리가 아팠고 시어머니의 "애가 왜 이러니, 애들 깬다! 잘못한 게 있어도 말로 해야지! 이 손 놔, 손 놔!" 하는 다급한 목소리가 들렸다. 아니 어머니, 제가 뭘 잘못했나요? 전 그냥 자고 있었을 뿐인데? 마음속에 커다란 물음표가 생겼다.

술을 마시고 들어온 남편이 자고 있던 내 머리채를 잡고 현관 밖으로 끌어내려 하고 있었다. 날벼락 같은 상황에 당황했지만, 내가 저항하면서 소리를 지르면 아이들이 깨서 이 장면을 보게 될까 봐 이를 악 물고 버텼다. 술기운에 천하장사가 된 남편은 내가 식탁 다리를 잡고 버티자 주먹으로 내 얼굴을 내리쳤다. 결국 식탁 다리가 부러졌다. 여기서 더 버티면 아이들이 깰 것 같아 아파트 복도로 질질 끌려나갔다. 남편은 나를 끌어낸 것만으로는 분이 풀리지 않았는지 죽으라며 복도 창문으로 밀었다.

'그래. 4층에서 떨어지면 이 집에서 벗어날 수 있을지도 몰라.'

체념의 말이 절로 나왔다. 살다 살다 이런 날이 결국 오는구나, 내 결혼생활이 이렇구나. 떨어지지 않으려는 나와 창문 밖으로 밀려는 남편, 쫓아 나와 말리는 시어머니의 목소리를 듣고 이웃들이 뛰쳐나오기 시작했다. 어떤 아주머니가 달려와 남편에게 악을 썼다.

"미쳤어요? 사람 죽일 일 있어요?!"

주민들이 남편을 떼어놨다. 무슨 일인지 모르겠지만 진정하라고, 참으라고 했다. 나도 묻고 싶었다. 이게 대체 무슨 일이야?

결혼생활 10년 동안 크게 다툰 적 없는 우리였다. 시어머니와 함께 살다 보니 서로 말도 조심히 했다. 게다가 어머니는 사람들이 흉본다며 서로 '여보'라고 부르지도 말고 ○○엄마, ○○아빠, 당신이라고 부르라고 정해주셨다. 우리는 서로 '너'라고 부르지도 않았다. 그랬던 우리가 주민들을 다 깨울 정도로 심각한 싸움을 하는 부부가 되어 있었다. 이웃들에게 붙잡혀 있는 남편을 향해 다시는 없을 만큼 크게 소리를 질렀다.

"이 개새끼야!"

이 모든 상황이 이해되지 않았다. 머릿속이 뒤죽박죽이었다. 옷은 잔뜩 늘어나 있고, 온몸이 상처 투성이였다. 남편에게 맞은 얼굴은 욱신거리고 두피는 예리한 칼로 찢어놓은 듯이 아팠다. 그렇게 평소에 친하지도 않던(심지어는 처음 본) 이웃들에게 내 결혼생활의 민낯을 보여주게 되었다.

이웃의 신고를 받고 경찰이 출동했다. 나는 피해자로, 남편은 가해자로 경찰서에 연행되었다. 지구대 한편에서 피해자 진술서를 쓰고 멍들고 부은 얼굴, 뜯긴 두피를 사진 찍고 있는데 남편이 계속 소리를 질렀다.

"나도 피해자라고요! 나도 맞았어요!"

이날 일에 대해 나는 그 누구에게도 말하지 않았지만, 시어머니는 시누들에게 '우리 아들이 그런 애가 아닌데 둘이 술에 취해 옥신각신하다가 어미가 자꾸 말대꾸를 해서 일이 커졌다'라고 말했다. 난 그날 아이들 옆에서 자고 있었을 뿐이었다.

피해자 진술서를 써서 내니 경찰관이 물었다.

"어떻게 하시겠어요? 가정폭력으로 처벌을 원하십니까?"

그걸 말이라고 하나? 자다가 별안간 맞았다. 그것도 남편한테. 처벌하지 않으면, 상이라도 주랴? 최초 신고를 접수한 지구대에서 경찰서로 이동해 한 번 더 진술서를 썼다. 자정이 훨씬 넘은 시간, 경찰서는 취객, 싸우는 사람들, 인사불성이 된 사람들로 시끄러웠다. 내게 시선이

집중되는 것보다는 차라리 그런 분위기가 나왔다.

지구대에서는 흥분해서 무조건 콩밥을 먹이겠다고 분노했지만, 곰곰이 생각해보니 지금은 때가 아닌 것 같았다. 나를 때린 남편이지만, 아이들에겐 하나뿐인 아빠였다.

결국 처벌을 원하지 않는다고 말했다. 새벽 4시가 다되어 가는 시간이었다. 가까운 응급실에 걸어 들어갔다. 얼굴에 멍이 들었으면 오늘 출근 못 하게 되었다고 직장에 전화할 참이었다.

"어쩌다 다치셨어요?"

당직의사가 건조한 목소리로 물었다. 남편에게 맞았다고 짧게 대답했다. 차트에 적는 것이 보였다.

- 폭행에 의한 외상 / 남편

경찰서에서는 미처 확인하지 못했는데 눈은 실핏줄이 터져 있었고, 엉덩이와 허벅지에는 멍이 들어 있었다. 부슬비를 맞으며 응급실을 나섰다.

현관 센서등에 비친 사람이 기다리던 아들이 아니라 며느리인 것을 본 시어머니는 나지막이 말씀하셨다.

"내 아들 경찰서에 처넣고 와서 속이 시원하냐?"

맞은 사람은 나인데 사과도 않고, 무슨 일인지 묻지도 않으셨다. 나를 원망하는 그 말에 대답하지 못했다. 분노할 힘도 없었다.

한 시간도 채 못 자고 비몽사몽 일어나 화장을 했다. 다행히 멍이 크진 않았다. 뺨이 부어오르긴 했지만, 눈에 실핏줄이 다 터져 있었지만, 그럭저럭 가릴 수 있을 것 같았다. 늘 타던 광역버스를 탔다. 불과 몇 시간 전의 일을 떠올렸다. 차창에 머리를 기대자 뜯긴 두피가 욱신거렸다. 눈물도 나지 않았다. 어릴 때 아빠에게 맞던 기억이 떠올라 몸서리쳤다.

내 유년 시절 기억 대부분을 차지하는 것은 아빠에게 맞는 순간들이다. 아빠가 술에 취하신 날이면 나는 늘 매를 맞았다. 엄마에게 막아달라고 부탁하지 않았다. 엄마는 폭력적인 아빠 앞에서 무기력했다. 친구에게도 말하지 않고, 언니에게 내가 맞는 이유를 물어보지도 않았다.

어린 나는 도망칠 곳도, 할 수 있는 것도 없었다. 그저 매질이 멈출 때까지 버티고 서 있었다. 내가 맞고 사는 아이라는 것을 주변 사람들이 알게 되는 것이 싫었다.

아빠는 어느 날 돌아가셨다. 나는 성인이 되었고, 엄마가 되었다. 이제는 스스로를 지킬 수 있으니 영원히 그때처럼 맞지 않을 거라는 믿음이 있었다. 그런데 불과 몇 시간 전에 모르는 사람도 아닌 남편에게 맞고 이웃들이 보는 앞에서 개처럼 끌려다녔다. 모멸감과 분노가 창자에서부터 끓어올라 속이 뜨거웠다. 분노가 끓어오를수록 창밖을 내다보는 내 눈빛은 더욱 차가워졌다. 이제는 무언가 결심할 힘이 생긴 것 같았다. 아니, 이제는 결심해야만 할 때였다.

그날 회사에서 어떻게 일했는지는 기억나지 않는다. 퇴근 후, 이젠 내게 말도 걸지 않는 시어머니께 차분한 목소리로 말했다.

"어머니, 저 때문에 힘드시죠? 저도 그래요. 애들 아빠가 죽든 제가 죽든 이 집에서 한 사람은 없어져야 해요. 안 그러면 안 끝나요."

"뭐? 너 지금 뭐라고 했냐 지금? 그게 할 소리냐!"

아들을 위해서라면 목숨이라도 버릴 것 같던 시어머니, 당신 아들이 남의 집 귀한 딸을 무자비하게 때리는 걸 두 눈으로 똑똑히 본 시어머니였지만, 사과는 하지 않았다. 도리어 얼마나 속상하면 그랬겠냐고, 엄마니까 애들을 생각하라고 목소리 높였다. 얼마 전에는 저 여자는 이제 너희들 엄마가 아니라고 아이들이 듣는 데서 소리를 빽 지르셨으면서 말이다. 남편이 아닌 시어머니와 심리적으로 먼저 이혼한 순간이었다.

자식, 어머니의 가장 민감하고 아픈 부분을 나도 찔렀다. 당신이 그렇게 지키고 싶어 하는 당신 아들이 죽든, 아니면 내가 죽든.

시어머니와 나는 그간 부부처럼 집안일과 육아를 분담하며 살아왔다. 남편보다 어머니와 보내는 시간이 더 많았다. 결혼생활 내내 아이들을 돌봐주신 시어머니에게 늘 감사했다. 그리고 나도 가끔은 시어머니께 의지했다. 하지만 이제 그런 어머니를 마음에서 버리기로 했다. 자식을 둔 엄마로서 전혀 이해되지 않는 것은 아니나, 이미 나를 버린 사람이었다. 나는 언제가 될지 모르는, 어쩌면 죽어야 가능할지도 모를 탈출을 준비하기로 했다.

주말에 핏기 없는 얼굴로 지구대를 찾아갔다. 며칠 전 ○○아파트에서 신고된 사건 확인서를 발급받고 싶다고 했다. 다행인지 불행인지 그날 당직을 섰던 경찰관이 근무 중이었다. 그날 사건을 출력해주며 내게 말했다.

"당장 이혼하지 않더라도 증거는 모아놓고 계세요. 자기 식구 때리는 거, 한 번이 어렵지 금방 상습범 됩니다. 이런 사람들은 혼 좀 나야 해요."

감사하다고 목례하고 나왔다. 아무도 내 편이 아닌 상황에서 그 말은 꼭 '너 힘들지?'라고 들렸다. 맞으면서도 흘리지 않았던 눈물이 줄줄 흘렀다.

곧바로 병원에 갔다. 응급실 내원 기록이 있을 거라고 말하며 소견서를 발급받고 싶다고 말했다.

남편이 먼저 문자를 보내왔다.

> 나만 잘리진 않을 거야. 너도 같이 잘리게 할 거야!

가정폭력범으로 직장에 연락이 간 모양이었다. 예상대로 직장에서 전화가 왔다. 정말 단순히 술을 마시고 생긴 가정불화냐고, 남편을 선처할 거냐고 물었다.

"……처벌을 원하지 않습니다. 그 사람이 원하는 대로 해주겠습니다."

그날 저녁, 남편이 피해자 진술서 양식을 받아와 건넸다. '처벌을 원하지 않는다'라고 써달라고 할 뿐 사과도, 고맙다는 말도 없었다.

'그래, 넌 딱 거기까지인 인간이야.'

먼저 갈게요
형님

밤샘근무가 끝나면 달동네 전셋집으로 달려갔다. 시어머니의 가시 박힌 눈초리를 받으며 집에 머물거나 시누의 전화에 깜짝깜짝 놀라기보다 온몸에 쉰내를 풍기며 집을 수리하는 편이 훨씬 좋았다.

집을 고친 뒤에는 생활용품점과 중고 가구점을 돌아다니며 집기와 가구를 사서 채웠다. 그 집에서 쓰던 것은 대부분은 시어머니와 남편이 오랫동안 써온 것들이라 젓가락 한 쌍도 가지고 나오기 싫었다. 욕실에는 특별히 몇천 원을 더 주고 귀여운 캐릭터 칫솔 거치대를 달았다. 아이들이 이걸 보고 환하게 웃는 장면을 상상하니 눈앞이 뿌

옇게 흐려졌다.

별거 전 이야기다. 나는 암 수술 후 내 1년 치 월급보다도 많은 보험금을 받았었다. 목돈이 있다는 걸 안 남편은 조심스럽게 부동산 이야기를 했다. 직장 선배가 추천한 알짜배기 땅이라며 6개월 뒤에 원금에 수익까지 얹어서 주겠다고 말했다. 그렇게 내 몸에 칼을 대서 암을 꺼내고 받은 3천만 원을 남편에게 줬다. 남편은 그 돈으로 자신 명의의 땅을 샀다.

무주택자였던 우리는 주위의 권유로 아파트를 분양 받았다. 계약금조차 없었기에 기대하지 않았지만, 내가 암에 걸리고 보험금이 나오자 남편은 투자 후 남은 보험금 4천만 원으로 계약금을 넣자고 했다. 남편 명의로 아파트 분양 계약금을 넣어 주었다.

아이들과 나가라는 말을 듣고, 엄연히 내 보험금인 그 돈을 돌려받아야겠다고 생각했다. 아파트는 이미 중도금이 들어가고 있었으니 준공되면 되팔아서 계약금을 돌려 달라고 했다.

문제는 땅이었다. 남편 명의로 샀다던 그 땅의 등기를 떼보니 왠지 남편 명의가 아니었다. 부동산에 전화해 사기를 친 거냐고 따졌더니 남편이 수개월 전에 땅을 팔았다고 했다. 남편에게 땅을 팔아서 얻은 수익이 얼마냐고, 왜 상의도 없이 벌써 팔았냐고 물었다. 땅은 본전만 보고 팔았고, 돈은 후배에게 빌려줬다고 했다. 그 후배가 누구냐고, 내가 전화해서 돌려받겠다고 했지만, 남편은 끝끝내 그 후배가 누군지, 빌려준 게 맞는지 말하지 않았다. 보험금을 돌려달란 이야기를 할 때마다 '돈, 돈 거린다'며 말을 피하기도 했다. 급기야 그게 왜 전부 당신 돈이냐고 짜증을 냈다.

아쉽지만 보험금은 잊기로 마음먹었다. 당장 나오지 않을 돈 때문에 울고 있을 시간이 없었다. 아끼고 아껴 최소한의 살림을 마련했다. 몇 안 되는 가구지만 집 안에 들이니 조금 사람 사는 집 같아졌다.

숙려기간 3개월조차 한집에 있기 싫다는 남편의 뜻대로 아이들과 먼저 집을 구해 나가기로 한 날이 드디어 다가오고 있었다. 한참 어린 나를 훈계하고, 혼자 사니 속 편하고 좋으냐고 비꼬던 시누들, 아주버님, 시조카들, 어느 누구도 전화하지 않았다. 명절 때마다 우리 집에서 먹고 놀며 핏줄을 과시했던 그 모든 사람이 단 한 통의 문자도 하지 않았다. 오히려 감사했다. 마지막까지 내 결정을 후회하지 않도록 한결같은 모습을 보여주었으니.

그래도 이 집안을 나가기 전 다른 사람은 몰라도 맏며느리인 형님에게는 인사하고 싶었다. 이유는 단 하나였다. 이 집안에서 유일하게 나와 같은 외부인이었기 때문이다. 형님은 형님 나름대로 행복하실지도 모르지만(그렇게 믿고 싶다), 나 혼자 이곳을 나간다고 생각하니 외며느리로 남을 형님에게 마음이 쓰였다.

"형님, 저예요. 지금 좀 뵈러 갈게요."

형님이 일하시는 농장으로 갔다. 형님 역시 신혼 초에 10년 가까이 시어머니를 모시고 살아서 나의 고충을 알고 늘 고생이 많다고 다독여주셨다. 최근 우리 부부 사이에 금이 가고 집안이 편하지 못하다는 것을 시누들에게 들어서 알고 계셨을 것이다. 형님 딸인 시조카는 나를 보자마자 인사도 없이 못마땅한 얼굴로 쌩하니 나가버렸다. 남편과 나이차가 크지 않아 함께 자라온 시조카들은 내 남편과 사이가 좋았다. 시가와 사이가 틀어지니 시조카까지 나를 본체만체했다.

"저 오늘 형님 마지막으로 봬요. 저, 애들 데리고 집 나 갑니다. 그동안 감사했어요."

놀라는 눈치였다. 그냥 남편과 조금 싸운 것이려니 여겼 는지 나를 타이르려고 하셨다. 어떻게 여자 혼자 아이 둘 을 키울 거냐, 시어머니도 좀 더 나이 들면 잠잠해지실 거 다, 조금만 더 참아라. 잠자코 듣고 있었다. 거기까지만 말 씀하셨다면 참 좋았을 것이다. 형님은 그동안의 내 결혼 생활에 대해 시누들에게 들은 대로 말씀하셨다. 나와 자 주 왕래하지 않았던 형님이 알 수 없는 내용이었다.

"동서가 애들 아빠랑 잠자리도 안 해줬다며? 어머니랑 싸우고, 늦게 들어오고, 가출하고, 고모들 와도 거들떠보 지도 않고."

처음엔 화가 났다. 내 잘못이라는 사건들에 하나하나 진위를 설명했다. 그러다가 문득 말을 멈췄다. 그리고 형 님에게 마지막으로 말했다.

"형님, 저는 이제 이 집안에서 나갈 사람이에요. 형님은 앞으로도 쭉 이 집 가족으로 사실 거죠? 그럼 제가 방금 한 말은 다 잊고 시누들 이야기가 맞으려니 여기세요. 나가는 마당에 시누들 말이 틀렸다고 조목조목 짚어봤자 결국 형님 식구들 흉이잖아요. 제가 잘못했고 시댁 사람들이 옳았다고 생각하시는 게 형님께 좋을 것 같아요."

야속했지만 형님을 이해하기로 했다. 형님은 이 사람들과 30년 가까이 가족으로 살았고, 나는 기껏해야 10년도 안 산 신참이었다. 시댁 식구들이 다 잘못했다고 말하면 그 사람들과 앞으로도 살아야 하는 형님은 뭐가 되겠는가. 안타까웠다.

신혼 초에 시누들이 비밀스럽게 말해준 것이 있다. 큰오빠가 옛날에 책 장사를 하면서 돈을 많이 벌었는데 한참 잘 나갈 때 새언니가 아끼지 않고 벌어오는 족족 사치를 했다고, 새언니가 돈을 좀 더 아꼈으면 큰집이 이렇게 내려앉지는 않았을 거라고 말이다. 그때는 형님에 관한 굉장한 비밀을 알게 된 것 같았다. 하지만 오랜 세월 함께한 새언니 흉까지 보는 사람들이 내 흉을 보지 말라는 법이 없다는 걸, 그때는 순진해서 알지 못했다.

"네 형님은 결혼하고 20년이 넘도록 한 번도 친정 간단 소리 안 했다!"

결혼하고 6년이 넘도록 한 번도 명절 연휴에 친정에 가 보지 못한 내가 음식을 미리 다 해놓고 설날 아침에는 친정에 가겠다고 하자 시어머니가 하신 말씀이었다. 그런 시집살이를 견딘 큰며느리가 바로 형님이었다. 형님 역시 젊었을 적 남편이 다른 여자를 만나는 것을 알게 되어 머리를 싸매고 누운 적이 있다. 그때도 시어머니는 '남자들이 사회생활 하다 보면 그럴 수도 있지, 그게 무슨 큰일이라고 드러눕냐'고 모진 소리를 하셨고, 형님은 지금껏 그 일에 서운해하셨다. 하지만 그런 형님도 시누들 말만 듣고 나에게 따져 묻고 있었다.

"뭐 어찌 됐든, 잘 살아. 가끔 연락도 하고 그래."
"동서 노릇 더 못하고 나가서 죄송해요. 그런데 저 이제 가면 이 집안 사람들과 다신 안 만날 거예요. 그래서 마지막으로 인사드리러 온 거예요. 앞으로도 뵐 일 없을 겁니다. 건강하세요."

농장을 떠나며 백미러로 뒤를 흘깃 보았다. 일주일이 멀다 하고 모일 뿐만 아니라 1년에 두어 번씩 시가 식구들이 모두 모여서 보신탕 잔치를 하던 곳이었다. 물론 형님과 나는 종일 음식 준비와 설거지를 했다. 이곳에 다시 올 일이 없다고 생각하니 마음이 홀가분했다. 불과 1년 전만 해도 큰집에 도착하자마자 형님을 도와 음식을 하고, 설거지거리가 나오기 전에 급하게 밥을 먹고, 취한 남편을 대신해 컴컴한 밤에 운전했다. 이제는 그 기억들에서 멀어지게 되었다.

아내, 며느리 명찰
반납합니다

이혼하기로 합의하고 얼마 되지 않아 남편은 이혼 서
류를 접수하러 가자고 문자로 통보했다. 매사 급한 게 없
었던 남편은 사소한 일 처리조차 나에게 부탁하곤 했는데
이혼할 때만큼은 나도 모르는 서류를 착착 준비해 왔다.

주뼛거리며 멀찍이 떨어져 앉은 부부들 사이에서 차례
를 기다렸다.

"양육권이나 재산 분할은 합의되신 거죠?"

재산도, 친권도 아직 정해진 건 없지만 남편과 나는 한

마음으로 그렇다고 대답했다. 어린 자녀들이 있어 3개월 간의 숙려 기간 후에 다시 와야 한다고 했다. 몇 분 되지 않아 이혼 접수가 되었고 각자 집으로 돌아갔다.

이사 업체와 일정도 잡았고, 아이 유치원에도 이사 이야기를 해두었다. 버리고 갈 내 물건은 모조리 분리수거하고 아이들 물건은 색연필, 장난감 하나 빠뜨리지 않고 담았다. 애들 앨범도 하나도 빠짐없이 챙겼다.

"애들 방에 있는 책상과 책만 실을 거예요. 안방에 있는 짐은 일부만 실을 건데, 얼마 안 되니 제가 박스에 따로 담아놓을게요."

견적을 내러 온 이사 업체 사장님께 이삿날 실어야 할 물건에 대해 가르쳐주었다.

"주방 물건은 하나도 안 가져가시는 거지요?"
"네. 주방에는 아예 가져갈 것이 없어요. 제가 말씀드린 것만 실어 주세요."

이사 업체 유니폼을 입은 낯선 남자가 이 방 저 방을 돌아다니며 뭔가를 메모하자 시어머니의 눈이 휘둥그레졌다. 하지만 내게 무슨 일인지 물어보진 않았다. 이미 아들이나 시누들이 귀띔했을 것이다. 더 이상 돌이킬 수 없는 일이 진행되고 있음을 직감하셨겠지. 그동안 서로를 투명인간 취급했던 시어머니와 나는 이사 전날까지 아무런 말도 나누지 않았다.

이삿날이 되었다. 욕실에서 나와 아이들 칫솔을 치웠다. 남편에게 그날은 어머니를 시누 집에 모시는 게 좋겠다, 우리가 짐을 챙겨 집을 나가는 것을 지켜보면 속만 상하실 거다 문자를 보냈지만, 답장은 없었다.

무거운 가구도, 가전도 없으니 이사 업체에서는 두 사람만 보내 짐을 싸기 시작했다. 분주하게 짐을 빼고 있는데 교회 부목사님이 오셨다. 시어머니가 교회에도 말씀하신 모양이었다. 어색하게 인사를 하는 둥 마는 둥한 부목사님은 어머니와 거실에서 통성기도를 하셨다. 시어머니는 이삿짐 업체 사람들을 아랑곳하지 않고 큰소리로 울면서 기도하고 찬송을 불렀다. 시어머니가 하나님을 찾으며 구슬프게 우는 동안 악바리 며느리는 꾸역꾸역 짐을 쌌다. 어머니 눈에는 사탄에 씐 며느리가 집안을 엉망으로 만들고 손주까지 데리고 나가는 모양새로 보였을 것이다. 며느리 허전할까 봐 가슴에 돌덩이를 차곡차곡 얹어주시는 건가. 마지막으로 정중하게 인사드릴 생각은 애초에 없었지만, 목사님까지 모셔다 우는 것을 보니 그나마 남아 있던 미운 정마저 정리되는 것 같았다.

남편은 이 상황을 지켜보며 그저 가만히 서 있을 뿐이었다. 어서 내가 사라져주길 기다리고 있는 것 같았다. 아내의 고통에 늘 적극적인 무관심으로 일관했던 사람, 자신의 핏줄만 필사적으로 챙겼던 사람. 요즘 같은 세상에 젊은 부부가 어머니까지 모시고 참 화목하게 산다고 늘 칭찬받던 남편은 자신의 가정이 산산조각나는 현장에서 목사님의 축복기도를 받으며 우리를 보내주고 있었다.

'처자식까지 버리면서 지키고 싶었던 그 사랑 잘 지켜라. 총각 시절처럼 어머님이랑 알콩달콩 살아. 제발 끝까지 책임지고 모셔라.'

그렇게 나는 남편과 그에 고구마 줄기처럼 줄줄이 딸려왔던 시가 사람들을 버렸다. 누구의 아내, 어느 집 며느리, 누구의 올케, 동서라는 명찰을 버리고 나왔다. 그 집안에 들어갈 땐 혼자였지만, 나올 때는 아이 둘을 품에 안고 나왔다. 축축하고 좁고 어두웠던 동굴을 나서니 한동안 눈이 부셨다. 새로운 둥지를 향해 가는 길, 10년 넘게 살아 익숙해진 동네를 지나고 있었다.

큰아이가 처음으로 자기 신발을 신고 걸음마를 하던 길, 큰아이가 다니던 초등학교, 아이들과 떡볶이를 사 먹던 사거리 분식집, 남편 없이 시어머니를 모시고 아이들을 업고 주말마다 다녔던 교회, 시어머니를 모시고 한 달에 한 번씩 다녔던 병원……. 전부 다시는 올 일 없는 곳이었다. 날씨가 참 맑았다.

Part

2

싱글맘 인생

시작

쓰레기장에서
남자 신발을 주워온 이유

이제 내 앞에 싱글맘의 길이 열렸다. 어차피 남편과 함께 육아해온 것이 아니기 때문에 정신적으로 힘들지도, 버겁지도 않았다. 몸은 고달팠지만, 더 이상 죽고 싶다는 생각이 들거나, 퇴근길이 지옥 같지는 않았다.

보험 대출을 받아 마련한 전셋집은 달동네에 있어 오르막을 한참 걸어 올라와야 했다. 게다가 세 가구가 사는 다가구주택에 할당된 주차 구역은 딱 한자리였다. 윗집에 사는 아가씨는 차가 없고 아랫집 아저씨는 택시 기사였다. 어느 날은 늘 택시가 주차되어 있던 주차장이 웬일인지 비어 있었다. 기분 좋게 주차하고 집으로 쏙 들어왔다.

그런데 한참 뒤 누가 문을 두드렸다. 아랫집 택시 기사 아저씨였다.

"아줌마, 저 자리에 주차를 하면 어떡해요?"

"네? 같이 쓰는 자리 아닌가요? 저도 이 집에 사는데요?"

"아니, 지금까지 내가 주차하던 자리잖아요. 남의 자리를 뺏으면 어떡해요. 이사 온 지 얼마 안 되었으면서 그러면 안 되죠. 차 빼요."

어이가 없었다. 그런데 나까지 팔을 걷어붙이고 말다툼했다가는 아이들이 불안해할 것 같았다. 상대는 남자였다. 남편이 있으면 불러다 해결하면 될 텐데 나는 젊은 여자고 이젠 남편도 없었다. 내가 내 집 앞에 주차한 것이 잘못은 아니지만, 더는 말을 섞기 싫었다. 차를 빼서 큰길 아래 공영주차장으로 갔다. 정기 주차 가격을 물어보니 주차 관리인이 말했다.

"여기도 포화상태예요. 정기 주차는 힘들어."

"저 위에 사는데 주차할 곳이 마땅찮아서 그래요. 방법이 좀 없을까요?"

"나도 몰래 해주는 일이라……. 돈을 더 내면 뭐, 방법은 있지."

웃돈을 얹어달라는 말이었다. 화가 났지만 어쩔 수 없었다. 주차난이 심각한 동네에서는 부르는 게 값이었다. 집에서 한참 내려와야 하는 곳이지만 어쩔 수 없이 돈을 두 배나 주고 정기 주차를 하게 됐다.

하루는 아이가 열이 나고 아팠다. 감기인듯했다. 하지만 가장이 된 나는 아이가 아파도 어린이집에 보내고 직장에 가야만 했다. 아픈 아이가 찬바람을 맞으며 저 아래 주차장까지 걸어 내려갈 생각을 하니 안쓰러웠다. 차를 가지고 올라올 테니 일단 밥을 먹고 있으라고 일러두었다. 뛰어서 공영주차장으로 내려갔다. 차를 가지고 집 앞까지 왔지만, 변함없이 택시가 주차되어 있었다. 눈을 흘기며 근처를 한참 돌았다. 하지만 차를 세워둘 자리는 없었다. 어쩔 수 없이 큰길에 차를 잠시 세워두고 집으로 뛰어 올라갔다. 아이 외투를 입히고 감기약을 챙겨 급하게 내려왔다.

그렇게 차를 세워둔 건 고작 10분 남짓이었다. 그런데 차 창문에 뭔가 붙어 있었다. 불법 주차 딱지였다. 부과된 벌금은 며칠 치 반찬거리를 살 수 있는 돈이었다.

"오늘은 저어기 밑에 안 내려가도 된다 엄마!"

열이 펄펄 나는 아이가 나를 보며 방긋 웃었다. 시린 뺨 위로 뜨거운 눈물이 흘렀다. 아이가 볼까 봐 이를 악 깨물었다.

"그러게! 오늘은 운이 좋은 날이다. 그렇지?"

주차장이 없어도 좋으니 돈을 좀 더 모아 평지에 있는 집으로 이사 갈 수 있다면 정말 좋겠다고 중얼거렸다. 작고 허름한 이 집으로 이사하며 가장 걱정되었던 건 '젊은 여자가 딸아이 둘만 데리고 산다'는 사실을 사람들이 알게 되는 것이었다. 동네도 낯설고 마음도 불안했다. 어린 딸만 둘인 내게 치안은 가장 큰 걱정이었다. 작은 집이 다닥다닥 붙어 있는 동네, 그것도 우리는 1층에 살아서 지나가는 사람들이 내부를 들여다볼 수 있었다. 창문도 몇 번 흔들면 열릴 듯이 불안하기 짝이 없는 모습이었다.

불안한 마음에 분리수거장에서 남자 구두를 하나 주워왔다. "우리 집에 남자 살아요"라고 광고해야 할 것 같았다. 누구라도 볼 수 있게 구두를 현관밖에 내놓았다. 신을 일이 없는 구두에는 며칠 안 가 먼지가 내려앉았다. 신지 않는 신발이라는 걸 다른 사람들이 알게 될까 봐 며칠마다 구두를 닦아 놓았다.

주민센터에서 출입문에 부착하는 경보기를 무료로 준다는 말을 들었다. 불안했던 나는 얼른 주민센터에 갔다. 담당 공무원이 심드렁한 표정으로 구청에 가보라고 했다. 이번엔 구청으로 갔다. 공짜 물건을 바라서일까? 한참을 기다린 뒤에야 먼지 묻은 경보기 몇 개를 받을 수 있었다. 그걸 손에 꼭 쥐고 집으로 달려와 창문마다 붙였다. 집 앞에 놓인 구두도 반듯하게 고쳐놓았다.

달동네에 살 당시 큰아이는 겨우 8살이었는데 내 퇴근이 늦어질 때마다 미술학원을 마치고 혼자 어린이집까지 걸어가서 동생을 데려와야 했다. 어린이집은 저녁 6시까지만 아이들을 맡아주었다. 그 전에 어떻게든 아이를 데리러 가야 했다.

"딸, 미안해. 엄마가 지금 가고 있거든? 근데 차가 많이 막혀. 어쩌지? ○○이가 동생 좀 데리고 나와줄래? 엄마가 그때까지는 도착할 것 같아."

직장에서 5분만 늦게 출발해도 도로가 꽉꽉 막혔다. 정신없이 어린이집 근처까지 가니 큰아이가 어린 동생 손을 꼭 잡고 엄마 차를 찾고 있었다. 키가 작아 자동차 헤드라이트에 눈이 부셨을 텐데 엄마 차를 찾으려고 연신 도로를 두리번거리고 있었다. 내가 나 살겠다고 무슨 짓을 한 거지? 이제는 아이들이 다 컸는데도 종종 그 모습이 떠오른다. 그때 모습이 명치에 꽉 박혀서 지워지지 않는다.

'엄마는 죽어도 너희들을 잘 키워낼 거야. 좋은 집, 좋은 차는 없어도 너희들을 꼭 웃게 할 거야. 엄마가 살겠다고 너희들을 아프게 해서 정말 미안해. 엄마가 너무 미안해.'

가장으로서 무거운 책임감과 세상에 대한 자격지심, 드러나지 않는 오기로 무장한 채 살아가기 시작했다. 33살이었다.

익숙함을 뒤로 하고
떠나기로 했다

별거를 시작했으나 3개월의 숙려 기간 뒤 이혼을 확정을 짓기 전까진 여전히 서류상 부부였다. 아이들의 충격을 최소화하기 위해 매주 한 번뿐 아니라 원하는 날엔 언제든지 아이들을 만날 수 있게 하겠다고 남편에게 말해둔 터였다.

나에게 있어 가장 큰 벌을 꼽으라면 '아이들을 못 보게 하는 것'이었다. 잠깐이나마 남편에게 그런 끔찍한 벌을 주고 싶다는 생각을 했다. 하지만 이내 접었다. 아이들은 내 소유물이 아니다. 한쪽 부모를 만나지 못하게 할 권리 같은 건 없다. 남편과 이혼한 사람은 나지 아이들이 아니었다. 아이들은 자신들이 왜 이곳으로 이사 와야 했는지 알지 못했다. 사실대로 이야기하기엔 겁이 났다. 당시 아이들은 겨우 8살, 6살이었다. 자신이 없는 나머지 "엄마 직장이 이 동네로 이사해서 어쩔 수 없이 온 거야. 할머니는 이제 나이가 많이 드셔서 너희를 돌봐주실 수 없어"라고 둘러댔다.

아이들이 아빠 이야기를 하면 문자로 물어본 뒤 직접 데려다주기도 했다. 이렇게 언제든지 볼 수 있으니 아쉬운 게 없었던 걸까. 남편이 아이들을 만나러 오는 횟수는 점차 줄어들기 시작했다. 그렇게 법적인 관계만 유지한 채 남편보다 적은 월급으로 아이들을 키웠다. 양육비 이야기를 꺼내면 남편은 늘 똑같은 말을 했다.

"월급도 나보다 적은 주제에 애들을 키우겠다고 데려가더니. 그렇게 돈, 돈 할 거면 애들 돌려보내."

매달 나가는 주차 비용, 아이들 학원비, 생활비, 그리고 무엇보다 직장에서 언제 잘릴지 모른다는 불안감에 하루하루가 고민스러웠다. 어떻게든 이 난관을 헤쳐나가야 했다.

달동네 전셋집에서 산 지 4개월 정도 되었을 즈음, 직장에서 섬 지역 파견근무 희망자를 모집했다. 배를 타고 한참 들어가야 하는 섬이었다. 열악한 주변 환경과 보건소 하나에 의지하는 여건상 가려는 사람이 없었다.

그 당시 나는 남편과 가까운 거리에 살고 있었다. 남편이 주변 사람들에게 내가 시어머니를 구박했고, 결혼생활에 불성실했으며, 아이까지 데리고 나가 잘 보여주지도 않는다고 눈물로 호소했다는 이야기가 돌고 돌아 내 귀에까지 들려왔다. 아직 이혼한 상태도 아니었고, 이혼할 예정이라고 밝힐 생각도 없었으므로 침묵을 지키는 수밖에 없었다. 속이 시커멓게 썩어가는 것 같았다.

그런 상황에서 아무도 가지 않으려고 하는 섬이라······. 마음이 기울기 시작했다. 주변 시선으로부터, 남보다 못한 남편으로부터, 결혼생활에 대한 억울함과 분노로부터 숨을 곳을 찾고 있었는지도 모르겠다. 섬에 가면 지금보다 생활비가 덜 들 거라는 현실적인 계산도 해보았다.

섬에 지원해서 다녀오면 분명 인사고과에서 가산점을 받을 수 있다고 했다. 직장에서 잘리지 않고 살아남으려면 이보다 좋은 기회는 없다고 생각했다. 물론 그곳에서 몇 년을 지내야 하니 어느 정도 각오가 필요했다.

며칠을 고민하다가 부장님을 찾아갔다. 내가 결심한 일이었지만 나도 모르게 침을 꿀꺽 삼켰다.

"드릴 말씀이 있습니다. 저를 그 섬으로 보내주세요. 애들 데리고 들어가겠습니다."

싱글맘,
섬으로 가다

자진해서 섬에 가겠다는 내 말에 놀란 회사는 윗선에 나와 면담을 좀 해보라고 제시했다. 위험한 곳이기도 하고, 여직원을 보낸 전례가 없었기 때문에 난감한 모양이었다. 과장님이 나를 조용히 호출했다.

남편에게 폭행당해 경찰서에 갔다 온 다음날, 실핏줄이 터진 눈과 멍이 든 뺨을 화장으로 대충 가리고 출근했다. 경찰서에서 직장에 연락할지도 모르니 과장님께는 미리 말씀을 드려야 할 것 같았다. 평소 젊은 부부가 아이 둘에 시어머니까지 모시는 것이 대단하다며 나를 칭찬하셨던 과장님 앞에서 비참했던 지난밤 이야기를 꺼내려니 차마 입이 떨어지지 않았다.

"과장님, 오늘 경찰서에서 전화가 올지도 모르겠습니다. 어제 일이 좀 있었습니다. 걱정 끼쳐드려 죄송합니다."

"……몸은 괜찮나? 얼굴이 못쓰게 됐네."

직원들이 들을지도 모르니 과장실 문을 닫고 앉으라고 하셨다. 과장님은 내게 싸운 이유를 묻거나 훈계하지는 않고 단지 내가 괜찮은지 살피셨다.

"그런데 자네…… 괜찮나?"

순간 목구멍이 뜨거워졌다. 실핏줄이 터진 눈시울이 따가웠다. 입술을 깨물었다. 아직 울어서는 안 되었다. 약한 모습을 보일 수는 없었다.

"내가 도와줄 일이 있으면 언제든지 이야기하게. 나도 방금 들은 이야기는 비밀로 할 테니 동료들한테 말하

지 말고. 소문이라도 나면 금방 퍼지는 거 자네도 알지 않
나."

　남편과 별거하기 위해 집을 알아보러 다닐 때 과장님
은 외근을 핑계로 나를 회사 밖으로 보내주시곤 했다. 퇴
근 뒤에는 시간이 늦어 집을 보러 다니기가 힘들기 때문
이었다. 과장님 덕분에 며칠 집을 구하러 다닐 수 있었고
마침내 전셋집을 구했다.
　회사에 비밀로 한 채 혼자 이사한 지 얼마 지나지 않
아 과장님이 집으로 찾아오셨다. 퇴근 후 혼자 버스를
타고 달동네까지 걸어오셨다고 했다. 좁은 현관에 서서
내가 손수 고친 낡은 집 내부를 둘러보신 과장님은 짧게
한숨을 내쉬었다.

　"애들 데리고 나가세. 밥 먹어야지."

　집 근처에 있는 고깃집에 갔다. 아직 한참 어린아이들
을 복잡한 표정으로 보고 계셨다. 고기를 양껏 먹이고 헤
어질 때는 아이들 손에 오만 원짜리 지폐를 쥐여주셨다.
손바닥보다 훨씬 큰 지폐를 신기한 듯 바라보는 아이들을

보며 과장님은 종종걸음으로 달동네 내리막길을 내려가셨다.

그렇게 나의 가정사를 비밀로 해주셨던 과장님과 마주앉아 있었다.

"꼭 가야겠나? 거긴 여직원을 보내긴 좀 망설여지는 곳이야. 위에선 내가 관리자니까 이야기 나눠보라는데…… 자네 진짜 괜찮겠어?"

"과장님, 아시잖아요. 저는 비정규직이에요. 섬에 가서 인사고과 점수라도 따야 앞으로 아이들을 키울 수 있을 것 같아요. 보내주세요."

남들은 가지 않으려고 이 핑계 저 핑계를 만들어 빠져나가는 파견지에 나는 어떻게든 가보려고 추천서를 부탁해야 했다. 인사팀에 3개월을 졸랐다. 결국 남자들만의 근무지였던 그곳에 회사 최초로 여직원이 가게 되었다.

사실 나도 두렵고 막막했다. 난 겨우 33살이었다. 엄마는 강하다는 말이 있지만, 나는 엄마이기 전에 겁 많은 한 사람이었다. 하지만 아이들을 내 손으로 키워내기 위해, 직장에서 잘리지 않기 위해 무슨 일이든 해야 했다.

억지로 용기를 내 섬에 가야 했다. 승진에 미쳐서 애들 고생시키며 섬까지 간다는 수군거림이 들려도 아무렇지도 않은 척해야 했다.

겨우 집을 얻었는데 이번엔 섬으로 이사해야 했다. 작은아이도 이제 막 적응한 어린이집과 작별해야 했다.

"오늘이 마지막 등원이네요. 어머니, 건강하세요. 그렇게 멀리까지 가서서 어떡해요……."

퇴근 후 아이를 데리러 간 어린이집에서 선생님의 인사에 밑도 끝도 없이 눈물이 터졌다. 회사에서 나는 아무리 힘들어도 버티는 악바리였다. 그들 앞에서는 절대 약한 모습을 보일 수 없었다. 나 좀 배려해달라고 말할 수도 없었다. 그날 어린이집 선생님의 인사가 내게는 '왜 그렇게 먼 곳까지 가야 하느냐'고 묻는 것처럼 들렸다. 조용히 정착할 곳이 필요했다. 나는 초라한 빈손이었고 아이들은 어렸다. 밝게 인사하던 어린이집 선생님은 우는 내 모습에 머쓱해하셨다. 울음을 참느라 이야기를 더 이어가지 못하고 아이를 둘러업고 나왔다.

큰아이는 일 년 동안 학교를 두 번 옮겼다. 그런데 이번 이사로 또 학교를 옮겨야 할 판이었다.

"아이가 수업 시간에 창밖을 멍하니 봐요. 먼저 말 걸지 않으면 말수도 없는 편이고요. 1학년 치고는 굉장히 어른 스러워요."

큰아이 담임 선생님과 면담을 마치고 나올 때마다 울음을 꼭꼭 가둬놓았던 가슴을 주먹으로 세게 내리쳤다. 그러지 않고는 답답함이 가시지 않았다. 통증이 커지면 답답함을 잠시나마 누를 수 있었다. 말수가 점점 줄어드는 아이를 지켜보고 기다리며 어떻게든 키워내야 한다. 그것이 이혼을 선택한 내가 책임질 일이라고 생각했다.

홀로서기를 위한
준비

이혼 앞에서 나는 당장 먹고살 궁리부터 해야 했다. 남편은 별거 중에도, 이혼 후에도 양육비를 줄 생각이 없어 보였다. 나는 비정규직이었다. 언제 잘려도 이상하지 않았다. 나보다 능력 있는 사람들로 가득했던 곳, 소수였던 여직원들이 할 말을 다 하지 못하는 불리한 조직, 난 그곳에서 어떻게든 살아남고자 했다.

섬에서 근무하는 동안 비정규직으로 회사를 그만두게 되느냐, 정규직이 되느냐가 판가름 날 것이었다. 열악한 섬 근무 특성상 인사고과에 보탬이 될만한 자격증을 따러 나오는 건 불가능했다. 섬으로 이사하기 전에 자격증을 하나라도 더 취득해놓는 것이 유리하다고 생각했다.

집 근처에 컴퓨터 학원이 있었다. 워드프로세서 자격
증은 더 이상 대단한 것이 아니었지만, 그래도 없는 것보
다는 나았다. 새로운 것을 공부할 여유도 없었다. 그나마
내게 익숙한 프로그램으로 자격증을 따야겠다는 생각뿐
이었다.

자격증 시험에 합격하려면 제한된 시간 안에 문서 작
성을 감점 없이 해내야 했다. 이번에 떨어지면 다음 달에
또 응시할 여유가 없었다. 퇴근하고 돌아오면 학원과 어
린이집 종일반에 지친 아이들을 데리고 컴퓨터 학원으로
갔다. 아직 어린아이들을 창문마저 덜컹거리는 낡은 집
에 놔두고 자리를 비우기엔 겁이 났다.

어느새 계절이 바뀌었다. 아이들에게 두툼한 패딩 점
퍼를 입히고 김밥을 먹인 뒤 학원에 가면 나는 컴퓨터와
싸우고, 아이들은 빈 강의실에서 엄마를 기다렸다. 컴퓨
터가 여러 대 놓인 학원이 신기했는지 처음엔 화이트보드
에 낙서도 하고, 학원 놀이도 하더니 금세 시들해져선 스
케치북에다 그림을 그리고 놀았다.

수업이 없는 빈 강의실은 난방이 되지 않아서 늘 돗자리와 얇은 담요를 챙겨가야 했다. 아이들은 한 번도 엄마를 찾거나 보채지 않고 꾹 참고 기다려주었다. 춥다, 집에 가고 싶다, 배고프다, 지루하다고 투정하지도 않았다. 아이들이 짠해 보였는지 학원 원장님께서 아이들 곁에 작은 전기난로를 틀어주셨다. 아이들은 햄스터처럼 그 앞에 앉아 불을 쬐며 조용히 엄마를 기다렸다. 연습이 늦어지면, 내가 조금이라도 쉬면 강의실 한편에서 나를 기다리는 아이들이 몇 분씩 더 추위에 떨어야 했다. 나는 키보드에 열 손가락을 붙이고 절박하게 연습했다. '떨어지면 어떡하지', '한 번에 못 붙으면……' 모니터에서 눈을 떼지 않으면서도 계속 불안했다.

어느덧 자격증 시험이 코앞으로 다가왔다. 한 장만 더 연습하겠다는 욕심에 평소보다 조금 늦게 아이들이 있는 강의실 문을 열었다.

……웅크린 두 아이가 서로 몸을 붙이고 잠들어 있었다. 따뜻한 방도 아닌, 강의실 시멘트 바닥에서 얇은 담요 한 장을 나눠 덮은 채로. 주변에는 가지고 놀던 색연필과 스케치북이 널려 있었다. 아이들을 조용히 흔들어 깨웠

다. 선잠에서 깬 칭얼거리는 둘째를 둘러업고 돗자리를 접어 내 겨드랑이에 끼웠다.

우리가 학원을 나오자 기다렸다는 듯이 학원 간판이 꺼졌다. 한 손은 업혀 있는 아이 엉덩이를 받치고, 또 한 손은 나란히 걷고 있는 큰아이 손을 잡았다. 오르막길을 오르며 큰아이가 울먹였다.

"엄마, 나는 왜 안 업어줘? 나도 다리 아파."
"미안해. 동생이 어리니까 조금만 참자 응?"

여미지 못한 내 옷깃 사이로 찬바람이 파고들었다. 날씨가 추운 만큼 밤하늘의 별은 더 밝게 빛났다. 아려오는 콧잔등만큼이나 마음이 시렸다.

주말 오후, 아이들 밥을 차려주고 나는 실기 시험장으로 갔다. 떨렸다. 이번에 떨어지면 추운 강의실에서 벌벌 떨면서 엄마를 기다렸던 아이들의 고생이 무의미해지는 것만 같았다. 키보드에 손을 얹고 모니터를 노려보았다. 시험 시작을 알리는 화면이 떴다. 숨을 크게 들이쉬었다. 한 달 넘게 아이들을 고생시켰으니 이제는 끝을 봐야 했

다. 이 자격증을 손에 넣고 섬으로 들어가 그다음을 또 살
아내자고 다짐했다.

결국 워드 1급 합격통보 문자를 받았다.

고등학교 3년 동안 워드 3급도 겨우 땄던 내가 한 달 만
에 워드 1급을 땄다.

가끔
넘어지더라도

워드프로세서 자격증 시험이 끝나자 섬에 들어가기까
지 남은 한 달 동안 시간을 쥐어짜서 자격증을 하나라도
더 따야 한다는 생각이 나를 옥죄었다. 인사고과에 도움
이 되는 일이라면 뭐든 하려고 했다. 다시는 비정규직으
로도 들어오기 힘들 이 회사와 담판을 짓고자 했다.

"자격증은 무조건 따 둬라. 어느 직장에 들어가든 무기
가 되어줄 거다."

남편 따라 농사만 지으며 사셨던 엄마는 아빠가 돌아

가시자 경운기도 없이 맨손으로 농사를 지어야 했다. 그어떤 자격증도 없던 엄마가 할 수 있는 일은 몸으로 하는 일뿐이었다. 엄마는 자신의 시간을 헐값에 팔아 자식들키울 돈을 마련했다. 그런 엄마에게 자격증은 무기처럼보였을 것이다.

사무실 동료들이 재미 삼아 따던 지게차 자격증이 눈에 들어왔다. 지게차를 연습할 수 있는 중장비 학원을 알아보았다. 그런데 학원비가 50만 원이 넘었다. 내게는 그돈이 없었다. 회사에 중장비 부서가 있었지만, 대뜸 회사에서 사용하는 장비를 빌려달라고 할 수는 없었다. 고민끝에 과장님께 도움을 요청했다. 섬에 들어가기 전에 지게차 자격증을 따고 싶은데 학원에 갈 돈이 없다고, 회사지게차로 2주간 조금씩 연습할 수 없겠냐고.

과장님께서 도와주신 덕에 연습할 기회를 얻었다. 내가 지게차 연습을 할 수 있는 시간은 퇴근 전 딱 한 시간. 약속한 연습 시간 10분 전에 미리 가서 중장비 책임자의 안색을 살핀 후 최대한 밝은 얼굴로 깍듯이 인사했다. 과장님 후배였던 그 책임자는 나를 그다지 달가워하지 않았다.

"거기 열쇠 하나 줘라."

내가 연습용으로 받은 건 제일 낡고 핸들이 뻑뻑한 지게차였다. 그래도 이게 어디인가. 조금 불편하긴 해도 덕분에 학원비 50만 원을 아끼는 셈이었다. 그렇게 나는 지게차 실습생이 되었다. 혹여나 작은 사고라도 일으키면 더이상 도와주지 않을까 봐 매일 마음을 졸였다. 마트에서 초콜릿을 사다 드리고 다음날엔 음료수를 사다 드리며 눈치를 봤다.

중장비 주차장 한편에 라인을 그려놓고 초시계를 목에 걸었다. 매일 퇴근 한 시간 전, 매연을 뿜는 지게차에 올라타 시간과의 싸움을 했다. 만약 정규직이 되지 못하고 회사에서 잘리면 공사현장이든 물류센터든, 어디든지 가서 일할 생각이었다.

시험 날이 되었다. 아이들을 맡길 데가 없어 집에서 두 시간 정도 거리의 시험장까지 함께 가기로 했다. 아이들과 잠시라도 떨어지면 마음이 불안했다.

"엄마! 오늘은 양쪽으로 땋아줘."

큰아이가 원하는 헤어스타일을 주문했다. 작은아이도 덩달아 언니랑 똑같이 묶어달라고 떼를 썼다. 아이들 머리를 땋아주느라 생각보다 시간이 지체되었다. 나는 세수를 하는 둥 마는 둥 하고 아이들을 차에 태워 출발했다.

토요일 오후, 고속도로는 나들이 차량으로 붐볐다. 마음이 급했다. 시험 시간에 늦을 것 같았다. 정신없이 달려 중장비 실기장에 도착했다. 아이들을 대기 장소에 두고 교육장으로 뛰어 들어가니 아무도 없었다. 가슴이 덜컥 내려앉았다. 밖을 보니 1번 응시생이 지게차에서 대기하고 있었다. 벌써 시험이 시작된 모양이었다. 시험 감독관들이 있는 곳으로 뛰어 올라갔다.

"죄송합니다! 차가 막혀서 방금 도착했어요!"

감독관들이 말했다.

"이미 시험 시작됐어요. 아까 교육장에서 출석 체크한 사람들만 응시할 수 있습니다. 다음에 다시 응시해주세요."

"정말 죄송해요! 차가 막혀서 그랬어요! 제일 마지막에

봐도 되니까 오늘 볼 수 없을까요? 네?"

"안 됩니다. 시험 규정에 위반됩니다. 다들 시간 맞춰서 일찍 오셨어요. 시간 지키는 것도 시험 과정에 포함됩니다. 다음에 다시 응시하세요."

눈앞이 아득해졌다. 떨떠름한 표정의 중장비 관리자에게 굽신거리며 연습용 지게차 키를 받아오던 날들이 생각났다. 운전 시간을 단축하느라 입가가 허옇게 되도록 마른침을 연신 삼키던 날들이 떠올랐다.

섬에 들어가기까지 시간이 얼마 남지 않았다. 자존심이 세서 남들 앞에서 좀처럼 울어본 적 없던 나였건만 시험을 치르지 못한다는 현실을 자각하자 견딜 수가 없었다. 아이들이 머리카락을 땋아달라고 했을 때 왜 오늘은 안된다고 말하지 않았을까. 고속도로에서 조금만 더 빨리 달릴 걸. 왜 내 앞으로 끼어드는 차를 그대로 받아줬을까. 왜 그랬을까. 왜……. 돌이킬 수 없다는 생각에 감독관들 앞에서 눈물이 터졌다.

차마 떨어지지 않는 발걸음을 돌려 밖으로 나왔다. 저 멀리에서 아이들이 팔짝팔짝 뛰며 손을 흔들었다. 엄마가 노력해서 해내는 모습을, 합격해서 환하게 웃는 모습을 오늘 꼭 보여주고 싶었다. 하지만 그럴 수 없었다. 힘 없이 아이들을 차에 태웠다.

"엄마 오늘 시험 안 봐?"

"응, 다음에 다시 오래. 오늘은 사람이 너무 많아서 엄마 순서까지 오려면 한참 걸린대."

다시 고속도로를 달렸다. 집으로 돌아가는 길, 도로는 올 때와는 달리 시원하게 뚫려 있었다. 완벽하게 준비를 해놓고도 시험을 보지 못한 이 기막힌 현실에 또 울컥 눈물이 솟았다. 이제는 회사에서 지게차를 빌릴 수도 없고, 곧 섬에 가야 하니 다시 시험을 보러 올 수도 없었다.

아이들에게 우는 모습을 보여주지 않으려고 선글라스를 썼다. 굳은 표정으로 말없이 운전만 하는 엄마의 모습에 적막한 분위기를 견디던 아이가 조심히 말을 걸어왔다.

"엄마……."

"응, 왜? 쉬 마려워?"

"아니. 나 오징어 핫바 먹고 싶어."

"엄마 나는 안 매운 거."

작은아이가 작은 목소리로 거들었다. 휴게소 테이블에 둘러앉아 핫바를 먹었다. 우느라 빨갛게 충혈되고 부은 눈으로 아이들을 바라보았다. 보석 같았다. 그 어떤 자격증보다도 반짝이고 소중한 보석들이 내 곁에 있었다.

'내가 너무 다 가지려고 했구나.'

자기 얼굴만 한 핫바를 들고 행복해하는 아이들 미소에 엉망진창이던 마음이 조금씩 맑게 개는 것 같았다. 그렇게 지게차 자격증을 따지 못한 채 섬에 들어가게 되었다.

1,125일간의
섬 생활

"엄마 거기에도 홈플러스랑 애슐리 있지?"

아이의 모자를 당겨서 푹 씌웠다. 1월의 매서운 바람
이 부둣가에 서 있는 아이들 뺨을 쓰다듬고 지나갔다. 두
려운 마음과 동시에 현실로부터 도망쳐 숨을 곳을 찾았다
는 안도감도 들었다. 섬에 들어가 다시는 나오지 말아야
지 혼자 다짐했다. 나를 아는 모든 사람들에게서 멀어지
고 싶었다.

"한숨 자. 일어나면 도착해 있을 거야."

얼마나 지났을까. 저 멀리 작은 섬들이 보이기 시작했다. 섬에 도착해 아이들과 부둣가에 발을 내디뎠다. 비릿한 바다 냄새가 났다. 이삿짐 차는 직원 숙소에 짐을 내려놓고 갔고, 몇 안 되는 직장 사람들이 이사를 도와주었다.

섬에서는 눈치를 많이 보며 일했다. 정규직이 되기 위해 겨울에도 속옷이 젖도록 뛰어다니며 일했다. 직장 건강검진 때에도 내가 암 환자라는 것, 평생 약을 먹어야 하는 것을 숨겼다. '비정규직을 쓰더라도 건강한 비정규직을 쓰겠지' 하는 걱정 때문이었다. 피곤을 늘 달고 다녔다.

"제가 할게요. 이것도 제가 해볼게요. 할 수 있어요."

피곤함을 숨겨야 했다. 만능이 돼야 했다.

저녁 8시가 되기도 전에 불이 다 꺼지는 섬에서는 밤이 참 길었다. 아이들은 9시만 되면 자는 습관을 들였다. 많이 자면 더 빨리 커서 이 상황을, 엄마 마음을 이해할 수 있을까? 그럼 내가 덜 미안해할 수 있을까? 아이들이 잠들면 살금살금 부엌으로 나왔다. 식탁에 앉아 칠흑같이 어두운 창밖을 응시했다. 눈물이 하염없이 흐르는 밤도 있었고, 어깨에 짊어진 삶의 무게에 밤새도록 두려운 날도 있었다.

아이가 열이 펄펄 나며 아팠던 밤에는 아이를 둘러업고 차를 몰았다. 폭설이 내리면 세대별로 한 명씩 나와 제설 작업을 했는데 나는 다른 집 아빠들 사이에서 말없이 눈을 치웠다. 인사도, 말도 건네지 않았다. 누구와도 대화하고 싶지 않았다.

섬에서는 걸핏하면 단수가 되었다. 그나마 물이 나오는 날에도 시커먼 흙물이 쏟아졌다. 구멍가게에서 아이들 먹일 생수를 사다 날랐다.

태풍이 오거나 파도가 높으면 배가 며칠씩 뜨지 않았다. 아이가 스파게티를 먹고 싶어 해서 식당에 갔는데 배가 며칠 들어오지 못해 재료가 다 떨어졌다고 했다. 태풍과 해무가 잦은 기간에는 택배도 끊기고 생필품마저 고갈되었다.

섬에서 지내는 동안 딱 한 번 엄마가 찾아오셨다. 혼자 애를 둘이나 키우는 딸이 어떻게 사는지 못내 염려스러우셨을 것이다. 저녁 무렵, 저마다의 이유로 섬을 찾은 사람들이 선착장에 막 도착했다. 관광객들 사이에서 작은 체구의 엄마가 흔들리는 갑판을 밟고 조심조심 나오시는 것이 보였다. 버스를 타고, 배를 타고 1박 2일이나 걸려서 온 그 낯선 곳에 아이 둘을 데리고 내가 서 있었다.

"네가 도대체 왜 이런 곳까지 와서 살아야 하니 이것아……."

엄마가 섬에 발을 내딛으며 처음 뱉은 말이었다. 이후론 별말씀 없이 그저 손주들이 잘 크는지, 딸의 얼굴이 상하진 않았는지 확인할 뿐이었다.

엄마가 섬을 떠나는 날, 선착장에서 배가 사라질 때까지 서 있었다. 멀어져가는 배를 보며 속으로 외쳤다.

'엄마, 나도 데려가면 안 돼? 왜 나는 여기 남아야 해? 엄마, 나도 무서워…….'

잘 가시라고 손을 흔드는 것이 아니라 나도 좀 데려가 달라고 손짓한 것이었다. 집에 돌아와 맨밥을 두 공기 퍼먹었다. 먹어도 먹어도 속이 허전했다.

아이들은 섬 생활이 즐거웠을까? 항구에 놀러 가면 아이들은 육지로 나가는 배에 탄 관광객들을 부러워했다. 가끔은 친구 가족을 따라가 물놀이를 하고 자장면을 얻어 먹고 왔다. 옆집 아저씨에게 두 발 자전거 타는 방법을 배우기도 했다.

섬에서는 싱싱한 채소와 고기가 귀했다. 물건이 있어도 값이 비쌌다. 도서지역 운임료가 물건값에 포함된 탓이었다. 아이 치과 치료차 육지에 나갔던 날, 아이들이 그토록 좋아하는 뷔페에 갔다. 섬에서 못 먹었던 음식을 원없이 먹이고 싶었다. 시간을 넉넉하게 잡았다고 생각했는데 여객선 터미널까지 가려면 시간이 빠듯할 듯했다. 당분간은 육지에 나올 수 없으니 지금 많이 먹어두라고 아이들을 재촉했다. 급하게 이것저것 먹이고 나도 먹었다. 배 시간에 맞추려고 바삐 운전해 겨우 배에 탔다.

그런데 하필이면 파도가 높은 날이었다. 너울성 파도는 두통과 뱃멀미를 일으키기에 충분했다. 아니나 다를까, 먼바다로 나가자 파도가 배를 집어삼킬 듯 거세졌다.

작은 몸에 주는 대로 음식을 넣은 아이들은 속이 얼마나 불편했을까. 평소에도 멀미가 심했던 큰아이부터 토하기 시작했다. 아이뿐만 아니라 사방에서 사람들이 토하고 있었다. 평소엔 멀미하지 않던 작은아이도 그 냄새에 덩달아 토했다. 큰아이와 작은아이에게 번갈아 비닐봉투를 받쳐주고 닦아주었다. 고통스러워하는 아이들을 무릎에 눕히고 제발 아이들이 그냥 잠들게 해달라고 기도했다. 작은아이를 안으면 큰아이가 울었다. 큰아이를 안으면 작은아이가 울었다.

한차례 속을 게워낸 아이들이 잠잠해질 즈음 나도 한계가 왔다. 아이들이 나 때문에 또 토할까 봐 좌석 밑에 기어들어가 토했다. 육지 음식을 비싼 돈 주고 먹은 보람도 없이 죄다 토했다. 좌석 밑에 엎드려 있으니 배 엔진 돌아가는 소리가 들렸다. 매캐한 기름 냄새도 올라왔다. 서러운 마음이 들었다. 아이들에게 맛있는 음식을 급하게 먹여야 하는 상황도, 애써 먹인 음식을 게워내게 만드는 파도도, 나 자신도 미웠다. 예전에 아이가 심각한 표정으로 했던 귀여운 질문이 떠올랐다.

"엄마는 왜 울질 않아요?"

"왜? 엄마가 안 우는 것 같아?"

"네. 나는 엄마 우는 거 한 번도 못 봤어요. 엄마는 발가락 찢어도 '아이고야!' 이렇게만 말하고 안 울잖아요. 나는요, 꼭 참으려고 해도 주사 맞을 때나 치과에 갈 때마다 울거든요."

"그래? 엄마는 왜 안 울까?"

"어른이라서 창피할까 봐 안 우는 것 같아요."

하지만 그날 나는 토하면서 소리 죽여 울고 있었다. 바닥에 엎드려 울다가 문득 아이들이 잘 자고 있나 고개를 들어 확인했다. 작은아이가 나를 물끄러미 쳐다보고 있었다. 마음 속에서 무언가 무너지는 느낌이었다.

섬에서 3년 넘게 살았다. 그동안 남편은 한 번도 아이들을 보러 섬에 오는 수고를 하지 않았다. 바빠서, 휴가를 낼 수 없어서……. 갖은 핑계를 댔다. 아빠를 오래 못 봐 시들어가는 아이들을 마냥 지켜볼 수만은 없었다.

한 달에 한 번 있는 휴가마다 파도를 견디며 육지로 나가 아이들을 아빠에게 데려다주었다. 배를 타고 5시간, 그리고 차로 2시간을 더 가야 아빠에게 갈 수 있었다. 그런 일을 3년 동안 반복했다. 몸은 고단했지만, 아이들이 아빠를 보고 와 즐겁다면 아무래도 괜찮았다.

아빠를 만나러 가기 위해 견뎌야 했던 뱃길, 그 파도 덕분에 큰아이는 지금도 배를 싫어한다. 바다 비린내도 아주 싫어하게 되었다.

섬에 있는 동안 나는 육지에서 취득하지 못했던 지게차 자격증에 재도전해 마침내 합격했다. 그리고 여세를 몰아 굴착기 자격증까지 취득했다. 대형버스, 지게차, 굴착기. '비정규직으로 회사를 그만두더라도 어떻게든 내 새끼들 밥은 굶기지 않겠구나.' 자격증 세 개를 품에 안으며 불안하고 떨리던 가슴을 쓸어내렸다.

그리고 이듬해, 나는 정규직이 되었다. 정규직이 되었으니 어쩌면 어렵게 딴 자격증들은 써먹을 일이 없을지도 모르겠다. 더 이상 눈치를 보지 않게 되었으며 회사에서 이제 그만 파견을 끝내고 육지로 나오라는 통보를 받았다. 막막함에 울면서 아이들을 꼭 끌어안고 들어왔던 이 섬에서 드디어 나갈 수 있게 되었다.

이 기쁜 마음을 나눌 사람은 없었지만 그래도 기뻤다. 갈 곳이 없어 멍하니 앉아 있곤 했던 바닷가에 달려갔다. 더 이상 막막하게 느껴지지 않는 바다를 보며 벅찬 심호흡을 했다. 아이들이 좀 더 편하게 아빠를 만날 수 있겠다는 생각에 눈물이 났다.

이제는 섬에서 지냈던 그 시간을 아이들과 신나게 웃
으며 떠올리곤 한다. 하지만 깔깔 웃다가도 돌아서면 여
전히 내 눈엔 눈물이 그렁그렁하다. 지금도 지게차 시험
에 떨어지고 핫바를 사 먹었던 휴게소를 지날 때마다 속
상했던 그때 생각에 눈물이 난다. 하지만 눈이 퉁퉁 부은
엄마 앞에서 핫바 하나에 행복해했던 아이들의 미소가 나
를 다시 웃게 한다.

돌아보니 그 섬에 슬픔만 남긴 것이 아니었다. 웃음도
있었다. 그 섬에서 우리 셋은 하루하루 온 마음을 다해 버
텼다.

이제는 정말
이혼이야

이혼 처리가 안 된 상태니 여전히 자녀 부양의 의무가 있다는 건 알고 있지? 이번 달부터 양육비 보내.

또 돈 얘기야? 키우기 힘들면 애들 보내. 내가 키울 테니까. 당신보다 더 잘 키울 수 있어.

그래? 안 주겠다는 거지? 알았어. 변호사 준비해. 법원에서 봐.

남편과 나의 별거는 어느덧 3년을 넘기고 있었다. 이혼하지 않은 상태지만 별거를 시작하던 그 순간부터 형식적인 남편, 아빠였을 뿐, 그는 가족 부양 없이 자유롭게 살고 있었다. 오랜 시간 묵혀둔 인내심을 꺼냈다. 아이들이 응당 누렸어야 할 권리를 이제는 찾기로 했다.

인터넷에 이혼 변호사 수임료를 검색하니 '차라리 그 돈을 한 달 생활비로 쓰고 서로 원만히 합의하는 게 낫다'라는 속 편한 충고가 눈에 띄었다. 나도 안다. 하지만 합의가 안 되니 돈을 써서라도 이기려는 것이 아닌가. 이름난 변호사는 다른 변호사보다 수임료가 백만 원 이상 비쌌다. 당연히 내가 이길 것이라고 확신했지만, 남편도 순순히 져주지는 않을 것이 분명했다. 비상금으로 아껴뒀던 돈을 긁어모아 변호사 사무실에 전화했다.

휴가를 내고 섬에서 서울까지 변호사를 만나러 갔다. 이혼 사유에 대한 위자료는 많이 신청해봐야 3천만 원이었다. 그마저도 희망사항일 뿐 다 받진 못할 거라고 현실적으로 말해주었다. 내가 흘린 눈물의 값어치가 3천만 원도 안 된다고 생각하니 헛웃음이 났다. 수억을 바란 건 아니었다. 하지만 법의 해석은 냉정했다.

변호사 사무실에서 소송 초안을 올려야 하니 그간의

일들을 자세하게 써서 보내라고 했다. 글 쓰는 데 꼬박 이틀을 매진했다. 그리고 첨부할 서류를 찾기 시작했다. 남편을 망치기 위해서가 아니라 이제라도 아이들 몫을 받아내기 위해서였다. 아이들을 내가 키워야 하는 이유, 왜 이제야 양육비와 위자료를 달라고 하는 건지 설명하기 위해 객관적인 자료가 필요했다.

3년 전 경찰서와 응급실에 다녀온 기록, 외래진료실에서 적어준 폭행과 관련된 기록, 언니에게 썼던 이메일, 남편의 카드 사용 기록, 주고받았던 문자 메시지, 날짜가 분명히 명시되어 있는 일기까지, 뭐든 긁어모았다. 남편은 내가 이렇게까지 할 거라고는 생각하지 못한 모양이었다. 하지만 3년 내내 내가 아이들을 키웠으며, 남편은 그동안 단 한 푼의 양육비도 주지 않은 것이 사실이었다. 아이들을 아빠와 만나게 해주려고 수없이 섬을 드나들었던 기록 역시 나에게 유리했다.

자료를 작성하면 할수록 옛 기억이 떠올라 분노가 일었다. 눈물이 쏟아지기도 하고 가슴이 벌렁거려 청심환을 먹기도 했다. 이렇게 괴로운 일을 계속해야 하나 혼란스러웠다. 위로받지 못했던 지난 기억들이 몰려와 나를 짓눌렀다. 아이들이 집에 없을 때 이불을 뒤집어쓰고 악을 쓰며 울다가 헛구역질까지 했다.

섬에서 법원에 출석하려면 1박 2일이 걸렸다. 남편은 법원에서 차로 30분 거리에 살면서도 직장을 핑계로 출석하지 않고 변호사만 보냈다. 지루한 소송은 그렇게 해를 넘기고 있었다.

남편의
흥정

"더 하실 말씀 있습니까?"

　판사는 바다를 건너와 법원에 출석한 나보다 더 피곤해 보였다. 판결 결과 친권은 공동이나, 양육권은 내가 갖게 되었다. 내 모든 권리를 포기하면서 지키고자 했던 양육권을 법으로 보장받는 순간이었다.

　판사는 남편에게 양육비를 지급하라고 판결했다. 하지만 남편은 지난 4년간 미지급한 양육비도, 결혼생활 파탄에 대한 위자료도 돈이 없어 줄 수 없다고 했다. 돈이 없다기보다는 의지가 없는 듯 보였는데 한 푼도 주지 않겠다는 투지만큼은 무엇보다 빛났다.

판사는 양육비 산정표대로 향후 아이 둘에 대한 양육비를 받는 걸로 조율하고 끝내면 어떠냐고 물어왔다.

"그럼 혼인 파탄에 대한 책임은요? 미지급된 지난 4년간의 양육비는요? 폭행, 외도, 방치는 무죄인가요?"

판사의 깊은 한숨 소리가 들렸다.

나에 대한 위자료 0원. 과거 양육비 0원.

결혼생활이 쓰레기가 되도록 방치하고, 4년이 넘는 시간 동안 아이들에 대한 그 어떤 경제적 책임도 다하지 않은 남편에게 내려진 책임은 고작 0원이었다.

"저희도 최대한 양보하고 배려했습니다. 이미 4천만 원을 입금해드렸기도 했고요."

맞은편에 앉은 남편의 변호사가 감정 없는 얼굴로 판사와 나를 번갈아 보며 말했다.

"그건 애들 아빠가 가져갔던 내 보험금을 돌려받은 것

뿐입니다. 이자 한 푼 없이요! 공동으로 이룩한 재산이 아니라 제가 암에 걸려 받은 보험금이었다고요!"

기가 막혔다.

"심정은 알겠으나, 그간의 양육비를 전부 소급하여 내놓으라는 것은 좀 무리인 것 같은데요."

판사가 말했다.

"네 맞습니다, 판사님! 저는 어머니 병원비도 매달 부담하고 있고, 앞으로도 자식으로서의 도리를 해야 하거든요."

남편이 눈을 반짝이며 기다렸다는 듯 말을 보탰다.
최대한 침착하고 냉정하게 머릿속을 정리했다. 더 이상 과거 운운하며 돈을 달라고 하기엔 내가 고약한 여자가 될 수밖에 없는 상황이었다. 나는 천천히 입을 뗐다.

"……좋습니다. 하지만 남편은 형제가 여섯이나 됩니

다. 7명이 어머니 병원비를 나눠낸다면 양육비를 못 줄 정도로 사정이 어렵지는 않다는 걸 본인도 잘 알 것입니다. 자식된 도리를 하겠다면서 자기 자식 몫은 저렇게 주기 싫다뇨. 제가 더 할 말이 있겠습니까.

혼인 파탄에 대한 위자료, 폭행, 외도에 대한 위자료, 안 받겠습니다. 그리고 지난 4년간 미지급된 양육비도 안 받겠습니다."

법정은 개미 지나가는 소리도 들을 수 있을 만큼 적막했다. 여기서 더 주장했다가는 받게 될 양육비마저 줄어들 것 같았다. 이미 지나간 것을 못 받는다면 앞으로의 몫이라도 확실하게 받아내야만 했다.

"하지만, 저도 조건이 있습니다. 두 아이 모두 앞으로 10년 안에 대학에 들어갑니다. 아이들 대학 입학금과 등록금은 정확히 반씩 부담하도록 해주십시오. 이는 양육비와는 상관없이 이행하도록 판결문에 명시해주세요.

그리고 아무리 바쁜 일이 있어도 한 달에 두 번 이상 아이들과 무조건 만나도록 지정해주십시오. 곧 아이들 사춘기입니다. 바쁘다는 핑계로 아이들을 꾸준히 만나지 않으면 금방 서먹해질 거예요. 우리 딸들 결혼할 때 아빠 없이 입장 시키고 싶지 않아요."

목소리가 가늘게 떨렸다. 하지만 덜덜 떨고 있다가 이 순간을 놓치면 땅을 치며 후회하게 될까 봐 두려웠다. 남편은 내 말이라면 일단 듣지 않으니 이 모든 말을 판사에게 대신했다. 그러자 남편은 더 이상 거부하지 못했다.

"……그렇게 하도록 하겠습니다."

남편이 작은 소리로 대답했다.

"그럼 소송비는 각자 부담하기로 하고, 매달 자녀 한 명당 75만 원씩, 총 150만 원을 양육비로 지급하세요. 더 하실 말씀이 있나요?"

긴 싸움이 끝나는 듯했다. 그런데 남편이 다급히 입을 열었다.

"저 판사님…… 드릴 말씀이 있는데요."

"네, 하세요."

"저기…… 양육비 150만 원은 너무 많습니다. 아까 말씀드렸듯 어머니 병원비도 내야 하고, 저도 제 생활도 해야 하지 않겠습니까."

남편은 '나도 먹고 살아야 한다'라며 양육비를 깎아달라고 말하고 있었다. 지난 몇 년 동안 아이들이 뭘 먹고 사는지, 어떤 집에서 사는지 궁금해하지도 않은 사람이, 뱃멀미 한 번 감당하지 않은 사람이 자기 살겠다고 물건값도 아니고 애들 양육비를 깎아달라니. 내내 무표정하던 판사의 한쪽 입꼬리가 올라갔다. 듣고 있던 우리 쪽 변호사도 짧은 한숨을 쉬었다. 허탈했다. 멍청이 쇼를 보고 있는 듯했다.

"과거 양육비, 위자료도 다 양보해주셨잖아요. 대체 얼마나 깎고 싶으신 건데요?"

"5…… 5만 원씩이라도 안 될까요?"

"자녀가 두 명이니까 10만 원? 10만 원이면 되겠어요?"

판사도 어이없는지 웃으면서 되물었다. 내 아이들이

홍정의 대상이 되고 있었다. 남편은 마지막 순간까지 나를 쥐어짜서 한 방울이라도 더 가져가려고 했다.

"안 됩니다, 판사님! 그렇게 할 수는 없습니다!"

판사를 죽일 듯이 노려보며 대답했다. 남편 쪽은 쳐다보기도 싫었다. 협상은 성과 없이 원점으로 돌아가는 듯했다. 법정에는 침묵만이 남았다.

모두의 인내심이 바닥날 즈음 내가 침묵을 깼다. 홍정하는 남편에게 또다시 협상 카드를 던져야 했다.

"알겠습니다. 10만 원, 제가 좀 아껴 쓸게요. 하지만 우리 애들 몫을 깎은 것이니 그냥은 안 됩니다. 10만 원 덜받는 대신, 아이들 친권을 저한테 전부 주세요."

양육권은 내가 갖게 되었지만, 친권은 양쪽에 있었다. 그래도 아이 아빠니까 친권은 인정하려 했건만 아이들에 대한 최소한의 의무마저 홍정하려는 저 사람에게는 친권마저 과분하다고 생각되었다.

내게 친권이란 아이들 입에 삼시세끼 따뜻한 밥을 먹

일 수 있고, 아플 때 아이들을 둘러업고 병원에 가서 당장 치료받을 수 있도록 서명할 수 있게 하는 권리였다. 이 세상 누가 와도 내가 이 아이들의 보호자라고 주장할 수 있고, 누구도 아이들의 털끝 하나 건들지 못하도록 할 수 있는 금 같은 권리였다. 부모만 가질 수 있는 삶의 이유이자 행복이자 책임이었다. 그런 친권을 달라고 하면 "차라리 10만 원 더 주고 말겠다"라고 할 줄 알았다. 하지만 남편은 아주 쉽게 알겠다고 했다. 친권을 포기하고 '10만 원 할인 쿠폰'을 받는 데에 만족하기로 한 것이다.

이혼하기로, 그리고 친권과 양육권은 모두 내가 갖고, 남편은 매달 양육비를 지급하기로 하며 모든 것이 끝났다. 법원을 나와 집으로 돌아오는 길, 창문을 열고 음악을 크게 튼 채 고속도로를 내달렸다. 콧잔등이 딱밤을 맞은 것처럼 빨갛게 아렸지만, 오늘은 아이들에게 무슨 반찬을 해줄까, 그것만 생각하기로 했다. 즐거운 날이니 오랜만에 불고기를 먹일까?

이혼은 괴롭다. 소송도 그렇다. 변호사, 가사 조사관, 판사……, 태어나서 한 번도 본 적 없는, 앞으로 더 볼 일도 없는 사람들에게 내 결혼생활의 치부, 내가 얼마나 비참하고 힘들었는지 설명해야만 했다. 게다가 이런 결혼을 결정한 나에 대해서도 비판해야 하고, 서로에게 당신이 얼마나 쓰레기인지 문서화해서 알려줘야 했다.

이혼은 서로에게 창과 걸레를 던지는 싸움이다. 힘껏 던져 상대를 맞출수록 우리 같이 형편없는 부모 밑에서 태어난 아이들이 얼마나 지지리 복도 없는 아이들인지 낱낱이 증명하는 꼴이었다.

나는 며느리, 아내라는 명찰을 반납하고 이혼녀라는 명찰을 새로 달았다. 두려웠다. 스스로를 이혼녀라고 소개해야 하는 것과 내 아이들이 한부모가정 아이들이 되는 것이 싫었다. 하지만 내 자존심을 내려놓고 싫은 상황도 받아들여야만 했다. 이 결혼을 끝내고 아이들 몫을 받아내야만 했다. 우리의 미래를 위해서.

묵묵히 견뎌야 하는

시간이 있다

이혼 신고하러
왔는데요

휴가를 내고 시청에 가 이혼 신고를 끝냈다. 그간의 맘 고생과 길었던 소송 기간에 비해 이혼 신고는 너무나도 싱거웠다.

이혼 신고를 마치고 밖으로 나오니 날이 참 맑았다. 1월 이었지만 마냥 춥지만은 않았다.

텅 빈 집에 들어와 옷장 깊숙한 곳에서 작은 종이가방 하나를 꺼냈다. 원피스 잠옷과 앞섶이 뜯어진 연두색 셔 츠가 들어 있었다. 연두색 셔츠는 시어머니에게 멱살을 잡혔을 때 입고 있던 옷이고, 원피스 잠옷은 남편에게 머리채를 붙잡혀 끌려다니던 그날 밤 입고 있던 옷이었다. 복도를 끌려다니며 묻었던 아파트 복도의 먼지와 흙이 그대로 남아 있었다.

두 벌을 나란히 방바닥에 펼쳐놓았다. 5년 전 이삿짐을 싸면서 급하게 종이 가방에 구겨 넣은 옷들이었다. 그날의 내 모습이 선했다. 아무도 없는 집에서 혼자 중얼거렸다.

"……힘들었지? 이젠 좀 괜찮아?"

아이들을 데리고 여러 번 이사하면서도 이 옷들을 계속 가지고 다녔다. 그 당시를 생생하게 떠오르게 하는 가슴 아픈 물건이었지만, 버릴 수가 없었다. 악몽에 시달리더라도 그 옷을 입고 겪었던 일을 잊을 수는 없다. 그날의 수치심이 다시 밀려왔다.

이 옷을 입고 있었을 때 나는 나쁜 년, 엄마도 아닌 년, 형편없는 년, 정신과 약 먹는 미친 년이었다. 맞아도 싼 년, 이웃들이 보는 가운데 아파트에서 떨어져 죽어야 하는 년이었다.

남편이 주먹을 휘두르던 밤, 경찰서로 가자는 경찰관

에게 옷을 좀 갈아입고 오겠다고 했다. 끌려다니며 온통 먼지 범벅이 된 잠옷을 누구에게도 보이고 싶지 않았다. 그때 다짐했다. 이 옷을 입고 있는 지금의 나를 다독일 수 있는 사람이 될 때까지 참고 살아남겠다고.

전남편이 은퇴까지 건강하게 직장생활을 해나가길 진심으로 바랐다. 이유는 하나였다. 아이들이 성인이 될 때까지 양육비를 받아내야 했기 때문이다. 그때 상간녀 집을 쑥대밭으로 만들지 않았던 것도 혹시나 그 여자의 남편이 상간남 소송을 걸어 애들 아빠가 직장에서 해고될까봐 걱정했기 때문이었다. 이웃들이 보는 앞에서 폭행당하고도 남편의 처벌을 원하지 않는다고 요청했던 것도 아직은 애들 아빠가 해야 할 일이 있기 때문이었다.

나는 남편이 철저히 버림받고, 친권과 양육권도 모두 뺏기고, 그저 돈만 입금해주는 기계로 살아가게 되길 바랐다. 자신의 가정이 망가질 때에도 자기 엄마와 누나들이 우선이었던 그 사람에게 잘못을 알려주고 싶었다. 평생 후회해도 다시는 돌이킬 수 없다는 것을. 시간이 얼마나 걸리든, 내가 얼마나 많은 시간을 인내하든 상관 없었다. 오늘과 같은 날을 위해 그동안 얼마나 소리 죽여 울고, 죽고 싶은 유혹을 이겨냈던가.

이제는 이 아픈 기억을 밝은 곳으로 꺼낼 때가 된 것 같았다. 더 이상 이 옷들을 가지고 있지 않아도 괜찮을 것 같았다. 흙자국이 그대로 남아 있는 옷들을 손으로 한 번 쓸어내린 후에 곱게 개어 쓰레기통에 넣었다. 돌아보지 않았다.

남자 하나만 믿고 시작했던 나의 결혼생활은 비참하게 끝났다. 곪은 상처를 숨기고 도망쳐나왔던 그 집에 찾아 갔다. 이제는 낯선 그 아파트 주차장에 도착해 한참을 차에서 내리지 못했다. 계단을 천천히 걸어올라가 더 이상 우리가 살지 않는 집 앞에 섰다. 나는 아이들을 데리고 먼 곳에서 살고 있고 남편은 다른 여자와 신혼집에서 살고 있었다.

나도 모르게 예전 기억에 빠져들었다. 지금보다 훨씬 어렸던 아이들이 분홍색 목도리를 두르고 현관문을 여는 모습이 보였다. 혼자 힘겹게 장바구니를 들고 들어가는 내 모습이 보였다. 현관 비밀번호를 누르기 전 불안한 표정으로 심호흡하는 내 모습, 사색이 되어 엄마가 보낸 쌀자루를 끙끙대며 들고나오는 내 모습, 한밤중에 머리채를 잡힌 채 무기력하게 끌려 나오는 내 모습, 마지막으로는 이삿짐을 싸들고 나오는 내가 보였다. 한참을 그 복도에서 있다가 나왔다.

"지금 많이 힘드시죠? 하지만 계속 살아내면 세월이 그 사람에게 벌을 줄 거예요."

상담 치료를 받을 때 선생님이 해주신 말씀이다.
웅크리고 앉아 스스로를 다독였다.

'괜찮아. 정말 고생 많았어. 이제 괜찮아. 울고 싶으면 실컷 울어.'

전남편의
재혼

"엄마, 아빠 집에 이상한 게 있어."

"이상한 거?"

"응."

주말을 아빠와 보낸 아이들을 태우고 강원도 집으로
돌아가는 차 안이었다.

"뭐가 있었는데?"

"아빠 집 작은 방에 들어가 봤거든? 그런데 종이 가방
안에 분홍색 여자 속옷이 있었어."

"맞아. 그리고 화장실에 애기 칫솔 같은 것도 있고, 여자 화장품도 있었어."

아이들의 불안은 희미하지만, 분명히 현실로 나타나고 있었다. 전남편은 나와 아이들이 섬에 살 때부터 만나는 사람이 있었다. 아이들이 자신을 만나러 올 때는 그 여자 물건을 치워두고 혼자 사는 것처럼 행동했다.

언제부턴가 집으로 돌아오는 차 안에서 아이들은 '그 아줌마'에 대한 이야기로 한참 떠들기 시작했다. 그리고는 말없이 창 밖을 한참 응시하다가 잠들곤 했다. 아이들은 무슨 생각을 했을까……. 하고 싶은 말이 있는데 말을 빙빙 돌리며 참는 듯했다. 그런 아이들을 보고 있자니 가슴이 터질 것 같았다.

그동안은 숨겼지만, 법적으로 남이 되자 다른 사람을 만나는 데 거리낌이 없어진 전남편은 슬슬 여자친구의 존재를 아이들에게 들키기 시작했다. 그냥 아는 사람이라며 슬쩍 자리를 함께했던 그 여자와 어느새 함께 살고 있었던 것이다.

"서운하겠지만……, 엄마가 생각했을 때 그 아줌마는

117

아빠 여자친구인 것 같아."

"그렇겠지 뭐……."

아이들은 생각보다 무덤덤했다. 아빠를 뺏겼다는 질투 심보다는 그저 아빠와 멀어질지도 모른다는 불안함이 아이들을 더 힘들게 했을 것이다.

큰아이는 슬슬 아빠 집에 가는 것이 싫어진 눈치였다. 그 아줌마와 함께 살고 있는 집이 불편했던 모양이다. 하지만 작은아이는 언니가 가지 않아도 꼬박꼬박 아빠에게 가려고 했다.

"언니는 그 아줌마 보기 싫어서 아빠 만나러 가기 싫대. ○○이는 그래도 아빠한테 가고 싶어?"

"……솔직히 나도 싫어. 아빠 옆에 그 아줌마 있는 거."

"그럼 억지로 가지 않아도 돼."

"내가 아빠한테 그 아줌마 싫다고 하면 그 아줌마랑 헤어질 거 아냐. 그럼 아빠는 또 혼자가 돼. 외로워질 거야."

화가 났다. 이혼했지만, 그건 부부의 관계 정리였다. 이혼했으니 누구를 만나든 법적으로 문제없다는 사실을 아는 것은 어른들뿐이었다. 아이들이 그런 사정을 알 리가 없었다.

물론 전남편의 사생활을 존중해주고 싶었지만, 아이들은 여전히 아빠를 믿는 해바라기였다. 당시 아이들은 사춘기였다. 여자친구에 대해서는 충분히 설명한 후에 공개해도 되지 않았을까? 왜 이렇게 아이들을 배려하지 못할까? 답답함이 솟구쳤다. 아빠와 엄마가 법적으로 남남이라는 사실을 굳이 알게 하고 싶지 않았다. 아이들이 그런 일들을 받아들일 수 있을 만큼 큰 뒤에 천천히 말해주고 싶었다.

전남편에게 메시지를 보냈다.

> 이혼했으니 나는 당신이 누구를 만나 뭘 하든 관심 없어! 하지만 애들 입장에서는 아빠 보러 갈 때마다 가타부타 설명도 없이 다른 여자랑 한집에서 사는 것을 보게 되는 거야. 그런 애들 심정은 생각해봤어? 차라리 정식으로 소개하던가. 애들이 바본 줄 알아?

답장은 없었다. 체념한 듯하면서도 자꾸만 아빠에 대해, 우리 가족에 대해 기대를 품는 듯한 아이들의 눈빛을 볼 때마다 억장이 무너지는 것 같았다.

며칠이나 지났을까. 일하고 있는데 전남편에게 문자가
왔다.

> 오늘 애들한테 여자친구에 대해 얘기했어.
> 애들 잘 챙겨줘요. 특히 큰애는 많이 싫었나
> 봐. 애들한테는 말 안 했지만, 혼인신고도
> 했어. 당신도 좋은 사람 만나요……. 애들이
> 보고 싶다고 하면 보러 갈 거야. 연락도 평
> 소처럼 할 거고, 미안해, 애들 잘 달래줘.

여자친구를 만나는 건 상관없지만, 아직 시기가 이른
것 같아 조심했으면 했는데. 전남편은 내가 시키는 대로
⑵ 아이들에게 여자친구를 공개했다. 어릴 때 찍었던 가
족사진을 보물 1호라며 책상에 세워두던 큰아이 얼굴이
떠올랐다. 아빠가 외로울까 봐 여자친구가 싫다는 내색
도 하지 않던 작은아이도 떠올랐다. 퇴근 시간을 기다리
는 마음이 급해졌다. 아빠에게 여자친구가 생겼다는 사
실을 통보받았을 아이들에게 무슨 말을 해줘야 할까. 머
릿속이 복잡했다.

퇴근 후 아이들과 아웃백에 갔다. 전남편과 그의 여자

친구에 대해서는 한마디도 하지 않았다. 맛있는 것을 먹기 전에 불편한 이야기를 꺼내면 체하기라도 할까 걱정됐다. 나는 나대로, 아이들은 아이들대로 티 내지 않으려고 서로 눈치만 보고 있었다. 아이들이 애쓰는 것이 눈에 보였다. 일 년에 한두 번 올까 말까 한 아웃백인데 아무 일도 없는 날 엄마가 이곳에 데려왔으니, 아이들도 엄마가 평소와 좀 다르다는 것을 느꼈던 모양이다. 일부러 비싼 메뉴를 주문했다. 그런 나를 물끄러미 보고 있던 큰아이가 딱 잘라 말했다.

"세트 메뉴가 더 가성비 좋아 엄마. 이건 시킬 필요가 없어."

"……으응? 그래? 알았어, 그러자."

밥을 먹는 동안에도 아빠 이야기는 하지 않았다. 평소처럼 대화했다. 옆 테이블 손님 중 생일인 아이가 있었는지 직원들이 와서 탬버린을 치며 생일 축하 노래를 불러줬다. 푹 가라앉아 있던 우리 테이블까지 흥겨워졌다. 음식만 바라보던 아이들이 고개를 들어 옆 테이블을 힐끗 쳐다보았다. 아빠, 엄마, 아이 둘. 행복해보이는 4인 가족이었다. 아이들은 이내 고개를 돌렸다. 묵묵히 앞에 놓인 음식을 먹었다.

집에 와서도 다들 말이 없었다. 나는 아이들이 먼저 말해주길 기다렸는데 아이들은 아빠가 오늘 한 이야기를 엄마는 모를 거라고 생각했는지 일부러 말하지 않았다. 불이 꺼진 방에서 돌아누운 작은아이 머리칼을 쓰다듬으며 혹시 오늘 아빠랑 통화했냐고 물었다. 무심한 듯 "응"이라고만 대답하길래 괜찮은가보다 했는데 이내 훌쩍거리더니 속에 있던 이야기를 쏟아놓기 시작했다.

둘째 아이가 학교를 마치고 집에 돌아왔는데 아이 아빠가 집 근처로 오겠다고 했단다. 그는 집 근처 편의점 간이 테이블에 앉아 컵라면을 사주며 '여자친구가 생겼다'고 이야기했다. 아이는 말없이 컵라면을 먹으며 아빠 여자친구라는 사람에 대한 이야기를 들어야 했을 것이다. 아빠라는 사람이 비싼 밥은 못 사줄망정 고작 동네 편의점에서 인스턴트 식품을 사주며 여자친구가 생겼다고 털어놨다니. 어이가 없었다.

"왜 우리 집만 이래? 나도 아빠한테 여자친구 생기는

거 싫어. 그렇지만 내가 싫다고 하면 아빠가 슬플 거 같아서 뭐라고 못했어. 내일 학교 가서도 계속 생각나서 슬플 것 같아."

억장이 무너진다는 게 이런 느낌일까? 작은아이는 그렇게 한참을 울었다. 내가 할 수 있는 건 작은 등을 쓰다듬어주는 것밖에 없었다.

아이를 재운 뒤 방에서 나왔다. 엄마를 기다리며 식탁에 우두커니 앉아 있는 큰아이와 마주했다.

학원에 가느라 아빠를 만나지 못한 큰아이는 전화로 아빠의 여자친구 이야기를 들었다고 했다. 통화를 끝낸 뒤 말로는 하지 못한 마음을 장문의 메시지로 보냈다고 했다. 여자친구 안 사귀면 안 되냐고, 우리가 자주 갈 테니 외로워도 조금 참고 우리만 보면 안 되냐고. 전남편은 그것에 대한 대답은 없이 "우리 딸, 아빠가 사랑해~" 따위의 답장만 남겼다고 했다. 큰아이는 훌쩍이며 자기가 너무 솔직하게 말해서 아빠의 기분을 상하게 한 것 같다고 걱정했다.

큰아이와 마주 앉아 두 시간 가까이 대화했다. 너희들

잘못이 아니라고, 이혼을 선택한 건 어쩔 수 없었지만, 마음 아프게 해서 미안하다고 사과했다. 그리고 엄마가 너희들 곁에 끝까지 남아 있겠다고 약속했다.

울던 큰아이도 자러 들어갔다. 이미 자정을 넘긴 시간이었지만, 식탁 앞에 멍하니 앉은 나는 움직일 수가 없었다. 아이들 앞이라 담담한 척 부릅뜨고 있었던 눈에서 눈물이 툭 떨어졌다.

전남편이 생각보다 일찍 여자친구의 존재를 알린 것은 나의 잘못도, 아이들의 잘못도 아니다. 그저 그 사람의 방식일 뿐이다. 그럼에도 아이들은 언젠가는 아빠가 돌아올 거라 믿고 싶었던 모양이다. 불안함 속에서도 희망을 잃지 않았던 아이들은 흔들리고 있었다. 나는 그 모든 과정을 입술을 깨물며 지켜볼 수밖에 없었다.

이 복잡한 감정을 가지고도 내일 아침이면 평소처럼 아침밥을 하고 아이들을 깨우고 바쁘게 출근할 것이다. 주말에는 장을 보고, 아이 교복을 다림질하고, 가정통신문에 서명해서 보낼 것이다.

울음을 그쳤다. 내게는 참는 것이 더 쉽고 익숙했다. 지금은 울 때가 아니었다.

얼마 못 가 아이들 편으로 그 여자의 임신 소식을 들었다. 아빠가 알려줬다고 했다. 예정일을 듣고 보니 이미 한참 전에 임신한 듯했다. 전남편은 여자친구와 새로운 가정을 이루고 우리 이웃 동네에 아파트를 분양받았다. 새 아파트에 입주하던 날, 전남편은 온 식구를 다 불러 집들이를 했다.

영정사진을
찍다

　어느덧 큰아이가 중학교 3학년, 작은아이가 중학교 1학년이 되었다. 섬에 들어갈 때만 해도 참 어렸는데. 아이들은 물만 먹고 잠만 자도 콩나물처럼 쑥쑥 자라는 것 같다.

　"엄마, 이제 동생도 중학생 됐는데 우리 가족사진 다시 찍을까?"

　큰아이가 뜬금없이 가족사진 이야기를 꺼냈다. 큰아이 책상에는 동생이 생후 50일 때 찍은 마지막 가족사진이 놓여 있었다. 할머니와 아빠도 함께 찍은 사진이었다.

큰아이는 그간 한 장 남은 가족사진을 애지중지했다. 물론 나도 우리 셋만의 가족사진을 찍고 싶었다. 하지만 할머니도 아빠도 없는 우리 셋의 사진을 아이들이 좋아할까 걱정돼 선뜻 말하지 못했다.

바로 사진관을 예약했다. 비상금으로 모아둔 돈을 쓰기로 했다. 돈은 또 열심히 모으면 되지만, 아이들은 하루가 다르게 자라니까. 촬영을 예약하면서 사진관 사장님께 따로 연락을 드렸다.

"사장님, 영정사진도 추가 금액이 있을까요? 입은 옷 그대로 찍으면 될듯해서요."

"네 어머님. 요즘은 영정사진을 '장수사진'이라고 불러요. 장수사진은 서비스로 촬영해드리는데……, 어머님이 찍으신다고요?"

"네. 미리 찍어두고 싶어서 그래요. 애들한테는 말 안 할 거고요. 그냥 자연스럽게 한 컷 찍으면 좋을 것 같아요. 너무 근엄하지 않게요."

"아, 네. 젊은 분들이 장수사진 찍는 경우는 드물어서요. 메모해두겠습니다."

아이들이 교복을 입고 내 양옆에 섰다. 이제는 내가 제일 작았다. 사진관 사장님은 다양한 포즈를 주문하며 가족사진을 즐겁게 찍을 수 있도록 배려해주셨다. 가족사진인데 왜 아빠가 없는지는 묻지 않았다.

스무 살이 되던 해, 엄마 곁을 떠나 독립했다.

서른 살이 되던 해, 암이 찾아왔다. 그리고 얼마 지나지 않아 결혼으로부터 또 독립했다.

마흔 살을 맞이하며 장수사진을 찍었다.

장수사진을 찍은 가장 큰 이유는 혹여나 나에게 무슨 일이 벌어질 때를 대비하기 위해서였다. 준비 없이 덜컥 찾아온 엄마와의 이별에 아이들이 허겁지겁 장례식에서 쓸 사진을 찾다가 일상적인 내 사진을 보고도 슬퍼질까 봐 걱정이 되었다. 운전하는 엄마, 설거지하는 엄마, 일하는 엄마, 좋은 배경 앞에서 예쁜 척하는 엄마, 그리고 내복 입고 배 나온 웃긴 엄마. 그 사진들을 보면서 '오늘부터는 이런 엄마가 없구나'라는 생각에 울게 될까 봐 마음에 걸렸다.

증명사진을 찍듯 진지하게 앉아 있는 대신 익살스러운 표정을 지었다. 아이들이 내 장례식에서 울고만 있을 게

아니라 별난 영정사진을 보면서 '엄만 참 오늘 같은 날에
도!' 하고 속으로나마 웃길 바랐다.

가족사진과 함께 내 영정사진도 나왔다. 최대한 밝게
웃으려고 노력하는 표정이 그대로 담겨 있었다. 그 사진
은 액자에 넣어 장롱 깊숙이 넣어 두었다. 편한 날, 아이
들에게 말해줄 참이었다.

이혼했지만
때로는 가족입니다

둘째 아이 초등학교 졸업식이 다가왔다.

"아빠 오실 수 있대? 시간 되면 오시라고 해."

입학식은 몰라도 졸업식만큼은 사진, 아니 기억을 남겨주고 싶었다. 전남편에게 문자했다.

> ××월 ××일, 둘째 졸업식이야.
> 올 수 있으면 와.

새로운 가정을 꾸리고 육아휴직 중이던 전남편이 둘째 졸업식에 왔다. 학급 공개수업처럼 각자 반에서 담임 선생님과 단출하게 졸업식을 하고 있었다. 우리 셋은 어색하게 교실로 들어갔다. 우리가 언제 오나 목이 빠지게 기다렸을 둘째 아이가 뒤를 돌아보았다.

아빠, 엄마, 언니.

세 사람이 나란히 교실 뒤편에 서 있었다. 찰나지만 아이의 동공이 흔들리는 듯했다. 낯선 모양이었다. 우리가 이혼했을 때 둘째는 어렸으니 낯설 만도 했다. 그 눈빛만으로도 아이의 마음이 보여서 목이 탔다. 엄마, 아빠 사이에 서 있던 큰아이도 좀처럼 말이 없었다.

전남편은 부산하게 핸드폰으로 사진을 찍었고 나는 명랑한 척 큰아이에게 말을 걸고 작은아이에게 장난스러운 표정을 지어 보였다. 다른 사람들 눈에 우리는 평범하고 단란한 4인 가족으로 보였을 것이다.

졸업식이 끝나고 포토존에 섰다.

"뭐해? 빨리 와."

쭈뼛쭈뼛 서 있는 전남편을 불렀다. 꽃다발을 든 작은 아이를 중간에 앉히고 셋이서 사진을 남겼다. 큰아이가 찍어주었다.

"아빠가 여기까지 오셨는데 그냥 가시면 서운하지? 같이 밥 먹고 와. 가방 주고. 엄마가 집에 갖다 놓을게."
"엄마는 밥 안 먹어?"
"엄마는 더 맛있는 거 먹을게. 걱정 마."

아이들을 아빠 차에 태워서 보냈다. 초등학교 졸업식인데 아빠가 밥 한 끼 정도는 사줘야지. 전남편은 저번 입학식에 함께하지 못했다. 그때 우린 섬에 있었으니까.

그로부터 2년 뒤 큰아이 중학교 졸업식 때에도 전남편에게 문자를 보냈다. 졸업장을 쥐고 있는 큰아이를 주인공으로 세워두고 전남편과 내가 교대로 사진을 찍었다. 4명이지만 교대로 찍으니 꼭 한 사람씩 빠지게 됐다. 지나가는 사람에게 사진을 부탁했다.

"저희 사진 좀 찍어주시겠어요?"

아이 둘을 가운데에 두고, 전남편과 내가 양쪽 끝에 섰다. 부러 호들갑을 떨었더니 아이들이 피식 웃었다. 카메라 렌즈 앞에서 우리는 약속한 것처럼 호흡을 멈췄다.

찰칵!

딸의 초청으로 어색하게 꽃다발을 들고 온 재혼한 아빠, 어제 본 사이처럼 웃으며 아빠를 대하는 엄마. 다른 사람들 눈에는 평범한 부부로 보였을 것이 분명했다. 그 사이에서 어색한 표정으로 서 있는 훌쩍 커버린 아이들.
딸의 졸업식, 평범한 가족사진 한 장을 남겼다.

"미쳤어! 너 혼자만 아메리칸 스타일이냐?"

친구들과 언니는 나더러 '속없는 년'이라고 혀를 찼지만, 그래도 괜찮았다. 서너 살 때 찍은 가족사진을 지금도 붙들고 있는 아이에게 좀 더 자라서 찍은 버전도 하나쯤 남겨주고 싶었다.

엄마 힘든 건 알겠어,
그런데 어쩌라고?

"엄마가 힘들었다는 건 알겠어. 그런데 어쩌라고! 엄마 힘들었던 걸 내가 왜 알아줘야 하는데? 엄마가 고모들이랑 아빠 때문에 힘들었다고 해서 내가 그 이야기를 다 들어줘야 하는 건 아니잖아. 다 지나간 일이잖아!"

……틀린 말은 아니었다. 내가 원해서 아이들을 데리고 나왔다. 지치고 힘들어도 아이들만 바라보며 삶을 이어나갔다. 하지만 아이들은 부모의 선택으로 인해 바뀐 환경을 받아들이고 살 수밖에 없었다.

아이들 앞에서는 힘들었던 결혼생활, 남편과 시댁에 대

한 좋지 않은 기억을 최대한 언급하지 않으려 했다. 아이 말처럼 그건 지나간 일에 불과하기 때문이다. 누구의 탓도 아니었다. 나쁘든 좋든, 그 기억이 사무치는 사람은 나뿐이었다. 그런데 싱글맘 생활이 몸에 익고 마음이 조금 느슨해지면서 농담 삼아 한마디씩 했던 고모와 아빠에 대한 이야기가 사춘기 아이에게는 거슬렸던 모양이었다.

마음에 파도가 쳤다. 아이 앞에서 입을 닫기 시작했다. 서운했지만 아이들을 나의 감정 쓰레기통으로 만들고 싶지 않았다. 나는 내 감정이 얼마나 약한지 미처 몰랐다. 이혼 소송을 할 때도, 직장에서 일할 때도 악바리처럼 버텼으니 말이다. 어른인 내가 아이들을 위해 이해하고 말을 아끼고 있다고 여겼으나 사실 상처를 많이 받았다는 사실을 뒤늦게 알게 되었다.

아이에게 그때 이야기를 한 것은 내 편을 들어달라거나 아빠와 고모를 욕해달라는 것은 아니었다. 단지 내게 그런 일이 있었다고 말하고 싶었을 뿐이었는데……. 가장 가까운 사람에게서 겪는 심리적 외면은 나를 더욱 외롭게 했다.

며칠 밤 동안 그 대화를 곱씹으며 마음 한구석에 서운함을 꽁꽁 묶어 숨겨두었다.

'내가 힘들었던 건 딸도 이해 못 할 부분이야. 아무에게도 말해선 안 돼. 또 상처받을 거야. 누구나 다 아프고 힘든 구석이 있어. 너만 힘든 거 아니야. 이젠 아무에게도 마음을 털어놓지 마.'

마음에 갑옷을 입혔다. 다짐하면 할수록 외로웠지만 강해지는 느낌이었다. 아니, 사실은 강하게 보이는 것 같아 마음이 놓였다.

아이는 아빠와 엄마가 서로 싫어하는 현실과 마주하는 것이 두려웠을 것이다. 엄마도 좋고, 아빠도 좋고, 고모도 좋은데 서로 철저하게 담을 치고 노려보고 있으니 얼마나 불편하고 싫었을까. 아이 입장에서는 고래 싸움에 새우 등 터지는 상황이나 다름없었다. 아이들에게 햇살이 되고, 공기가 되고, 배경이 되어주기 위해 나름 애썼건만, 아이의 사춘기가 시작되자 내가 견디고 수용할 수 있는 선이 어디까지인지 점점 어려워졌다.

아빠 집에 다녀온 아이들을 마중하러 나갔다. 며칠 마음고생을 했어도 아이들이 도착할 시간이 되자 반가움에 가슴이 뛰었다. 저 멀리 익숙한, 여전히 아기 같은 내 새끼들이 보였다. 이제는 나보다 커진 아이들의 팔짱을 끼며 "잘 있다 왔어? 잘 먹었나 봐. 통통해졌네!" 하고 농담을 시작한다.

우리는 평소처럼 잠들기 전까지 시시콜콜한 이야기로 시간을 보냈다. 아이들과 나는 타인이라고 선을 지키려 애썼지만, 사실 나는 여전히 해바라기처럼 아이들을 바라보고 있다.

엄마가 보고 싶은 날에는
고등어를 먹는다

어릴 때 가끔 반찬으로 고등어가 올라오곤 했다. 나에 겐 그날이 최고로 행복한 날이었다. 하지만 식구가 많아 늘 배부르게 먹지 못했다. 짠지는 안 먹고 고등어만 먹는 다고 언니한테 타박을 듣기도 했지만, 그래도 좋았다. 비 계가 덕지덕지 붙은 돼지고기조차 귀하던 우리 집이었 다. 어쩌다 한 번씩 올라오는 고등어를 환장하며 먹는 나 를 보고 가족들은 "얘는 뱃놈한테 시집을 보내야겠다. 그 래야 저 좋아하는 생선 실컷 먹지"라고 했다. 내 소원은 돈을 많이 벌어 고등어를 원 없이 먹는 것이었다.

신혼 때 내 집에서 누구의 눈치도 보지 않고 고등어를

양껏 구워 먹을 수 있다고 생각해 정말 신이 났다. 기름을 듬뿍 두르고 튀겨내듯이 넉넉하게 고등어를 굽곤 했다. 그런데 문제가 하나 있었다. 시어머니는 갈치나 조기는 드셨지만, 고등어 비린내는 아주 싫어하셨다. 밥상에 고등어와 갈치가 함께 올라오면 비린내가 난다고 표정이 좋지 않았다. 눈치 보느라 어느 순간부터 고등어를 식탁에 올리지 않게 되었다. 나 먹겠다고 온 집안에 비린내를 풍기며 고등어를 구울 수는 없었다.

어느 날 친정에 가니 엄마가 고등어를 구워 내왔다. 허겁지겁 살을 발라 먹었다. 밥보다 고등어를 더 많이 먹었다. 고등어 살을 뚝 떼서 입에 넣을 때마다 짭조름한 행복이 밀려 들었다.

"세상이 얼마나 좋아졌노. 마트에 가면 널린 게 고등어인데. 맘껏 사다가 구워 먹지 그러냐."

"우리 집에서? 에이…… 안돼. 비린내 난다고 싫어하셔."

그 말은 엄마 마음에 깊이 내려앉았다. 그 후로 엄마

는 내가 친정에 오면 다른 건 몰라도 고등어만큼은 꼭 구워주셨다.

언젠가, 몸도 마음도 참 고달픈 날이었다. 엄마가 보고 싶은데 목소리를 들으면 눈물이 날까 봐, 엄마가 눈치챌까 봐 끝내 전화하지 못했다. 한 끼 밥값 치고는 비싸서 좀처럼 가지 않던 백반집에 갔다.

"……고등어 정식 하나 주세요."

12,000원이었다. 그날은 비싸도 먹고 싶었다. 4인 테이블에 덩그러니 앉아 고등어구이를 바라보며 밥을 꼭꼭 씹었다. 고등어에 젓가락을 가져가는 손이 파르르 떨렸다.

"이거 다 먹고 올라가!"

투박한 손으로 고등어 가시를 발라내던 엄마 목소리가 들리는 것 같았다. 그토록 좋아하는 고등어구이를 먹는데 왠지 눈물이 흘렀다. 그래도 고등어는 참 맛있었다.

친정에 자주
못 가는 이유

시댁 행사가 없어지니 친정 집에 가는 것이 자유로워
졌다. 마음만 먹으면 언제든지 갈 수 있었다. 고속도로를
4시간 가까이 달려야 했지만, 엄마 집에 가는 길은 늘 설
레었다. 건물들이 다닥다닥 붙은 복잡한 도시를 벗어나
한눈에 다 담기도 힘들 만큼 넓은 하늘 아래 자리 잡은 정
겨운 내 고향. 잠시 가장의 무게를 내려놓아도 되는 곳,
고단한 몸을 억지로 움직여야 할 일도, 작은 기척에 벌떡
벌떡 몸을 일으켜야 하는 일도 없는 곳, 엄마 집.

이웃집 숟가락이 몇 개인지, 그 집 올해 농사는 어떤
지, 옆집 개가 새끼를 몇 마리나 낳았는지 내 일처럼 빤

한 시골 동네에서 동네 어르신들은 우리 딸부잣집 사위들에게 관심이 많았다. 일찍 과부가 된 엄마가 눈물겹게 키운 딸들이 데리고 오는 짝들을 함께 반가워했다. 결혼한 지 얼마 되지 않았을 무렵, 첫 아이를 데리고 집에 내려가니 동네 어른들이 우리 집 마당까지 찾아와 예쁜 손녀와 훤칠한 사위를 칭찬했다. 엄마는 그 순간을 참 뿌듯해하셨다.

이혼했지만, 고향이 달라질 것은 없었다. 내려가는 길은 언제나와 같이 즐겁고 푸근했다. 여느 때처럼 엄마 집 앞에 차를 세우고 선물과 짐가방을 내려 두 아이에게 들려주었다. 마침 지나가던 동네 아저씨가 우리를 반겼다.

"아이고, 고향 내려왔나? 애들이 많이 컸네."

"안녕하세요! 잘 지내셨어요?"

"응. 그런데 남편은 어디 있노? 같이 안 내려왔나?"

"……이번에 휴가를 못 맞춰서 같이 못 내려왔어요."

지나가는 동네 어르신에게는 가볍게 둘러대면 될 일이었다. 문제는 고향에 내려갈 때마다 거짓말해야 한다는 것이었다. 남편 없이 혼자 짐을 이고 지고 가는 일이 잦아질수록 새로운 거짓말을 만들어내야 하는 불편함이 생겼다.

엄마는 아무 말씀 않으셨지만, 어쩌면 엄마도 내가 고향에 갈 때마다 동네 사람들에게 둘러대야 했던 건 아닌가 하는 생각이 들었다. 엄마는 누군가를 찾아가 '딸이 이혼해서 마음이 좋지 않다'고 털어놓을 사람이 아니었다. 나와 아이들은 엄마에게 아픈 손가락일지도 모른다.

언제부턴가 고향에 내려가는 것이 죄송스러워졌다. 동네를 산책하는 것도 꺼려졌다. 오며 가며 동네 어르신들을 만나게 될 것이 분명한데 애들 아빠는 어디 있냐는 질문에 매번 거짓말하는 것도 부담스러웠다.

어쩌면 가까운 이웃들은 우리 사정을 알고 있었을지도 모른다. 나는 일 년에 두어 번 내려갈 뿐이니 사람들을 피하면 되지만, 엄마는 나보다 더 곤란할 거라는 생각에 엄마 집에 가는 것이 죄송스럽고 어렵게 여겨졌다. 얼굴 자주 보여드리는 게 제일 큰 효도라는 말에 나도 공감하지만, 뵐 때마다 죄송한 마음이 드는 것은 어쩔 수 없다. 고향에 내려가는 횟수가 점점 줄어들고 있었다.

비정규직에서 어렵게 정규직이 된 뒤 벌써 수년의 시간이 흘렀다. 승진 발표가 있는 날이었다. 승진자 명단에 내 이름이 있었다. 직업이 있는 것, 정규직이 된 것만으로도 감사할 일이었는데 운이 좋았는지 승진까지 했다. 동료들의 축하를 정신없이 받고 고향에 계신 엄마께 전화했다. 자식들에게 전화가 오면 깜짝 놀라기부터 하는 엄마에게 말했다.

"엄마! 나 승진했어! 고맙습니다. 딸내미 승진해서 용돈 많이 받게 해달라고 기도를 많이 하셨구먼!"

싱거운 내 농담에도 전화 너머 엄마는 말이 없었다. 고령 환자들, 치매 환자들을 돌보느라 하루 종일 기저귀를 갈고, 칠십이 넘은 나이에 환자들에게 뺨을 맞고도 허허 웃는 엄마가, 그렇게 열심히 벌어서 손주들 용돈 주는 맛에 사는 억척스러운 엄마가 아무 말도 하지 않았다. 누가 볼세라 터져 나오는 울음에 입을 막고 계셨겠지. 우리는 서로의 흐느낌만 듣다가 전화를 끊었다.

금요일 저녁, 꽃집에 들러 붉은 장미를 한 다발 샀다.

며느리가 밉다는 이유로 할머니가 죄다 잘라버린 옛날 우리 집 담장의 덩굴장미가 생각났다. 엄마같이 수수하고 아름다운 안개꽃도 섞었다. 꽃집 사장님이 꽃다발을 신나게 포장하며 물었다.

"아유, 누구 주려고 이렇게 큰 꽃다발을 사세요?"
"엄마요, 우리 엄마."

엄마 얼굴을 직접 보고 싶었다. 자식의 승진으로 녹록지 않았던 시간이 조금이라도 보상되기를. 나보다는 엄마가 축하받을 일이었다.

"외할머니댁에 좀 다녀올게. 내일 새벽에 갔다가 바로 올라올 거야."
"외할머니댁에는 왜?"
"엄마 승진했으니까 대장한테 신고해야지."
"에이~ 겨우 장미꽃 드리러 간다고?"

'겨우'라니 이 녀석! 우리 엄마에겐 평생 소원이었을 거다. 자기 자식이 잘되는 거. 내 맘이 그렇듯 말이다.

새벽 2시, 엄마가 그토록 좋아하는 유니폼을 갖춰 입었다. 미리 사둔 꽃다발을 들고 차 시동을 걸었다. 엄마는 내가 어딘가에 소속되어 유니폼을 입는 것을 아주 자랑스럽게 생각하셨다. 슬리퍼 하나 신고 꽁꽁 언 발로 쉬는 날 없이 일해온 엄마는 자식들이 여름에는 시원한 곳에서, 겨울에는 따뜻한 곳에서 편하게 일하는 게 소원이셨다. 비정규직이던 시절 아이 둘을 데리고 불안하게 홀로서기를 시작한 나를 엄마가 얼마나 안타까워하셨는지 기억이 생생했다.

그런 엄마를 보러 어두운 고속도로를 달려 고향으로 내려갔다. 내 옆자리에는 엄마의 쌀포대 대신 환하고 붉은 장미 꽃다발이 놓여 있었다.

새벽녘, 마을 어귀에 들어섰다. 엄마가 한창 출근 준비를 하고 계실 시간이었다. 나를 붙잡고 우실 것이 분명한데 눈이 부은 채로 출근하게 할 수는 없어 차를 세우고 한참 우리 집을 바라보았다. 엄마 모습이 거실 창문에 비쳤다. 세수하는 엄마, 가스 밸브를 잠그는 엄마, 양말을 찾는 엄마.

곧 불이 다 꺼지고 외투를 입은 엄마가 나왔다. 입김

이 훌훌 나오는 이른 새벽, 엄마는 낡은 오토바이에 시동을 건다. 익숙하게 발끝으로 땅을 밀어 후진하고 이내 읍내로 방향을 튼다. 당신은 자식들을 키우려고 수십 년간 외로운 출근길을 재촉하셨겠구나. 엄마는 집을 뒤로하고 힘차게 나아간다. 20년 전만 해도 우리는 불 꺼진 집에서 엄마가 출근하는 줄도 모르고 쿨쿨 자고 있었다.

엄마가 일하는 병원으로 들어가는 걸 보고 주차장에 차를 세웠다. 차에서 내리려니 발이 안 떨어졌다. "나 승진했어요 엄마, 키워줘서 고마워요" 그 짧은 말을 마치기도 전에 눈물이 나서 목소리가 잠길 것 같았다.

"어떻게 오셨어요?"
"안녕하세요? 엄마 좀 뵈러 왔어요. ○○○ 간병사님이요."
"저 쪽으로 가시면 곧 내려오실 거에요. 연락해놓을게요."

잠시 후 엘리베이터 문이 열렸다. 갑자기 딸이 찾아왔다니, 헐레벌떡 놀란 표정이었다.

"네가 이 시간에 여긴 웬일이냐! 응?"

등 뒤에 숨겼던 꽃다발을 쑥 내밀었다.

"축하해, 엄마. 전화로 말했듯이 나 승진했어. 엄마한
테 신고해야 진짜 승진이지."

마지막으로 엄마 눈을 바라본 것이 언제였을까. 주름
이 거미줄처럼 내려온 눈가가 점점 붉어졌다. 엄마는 침
을 한 번 꿀꺽 삼키더니 뭉툭한 손으로 꽃다발을 받아 들
었다. 금방이라도 울음이 터질 듯한 얼굴을 한 엄마는
다른 직원들 일하는 시간이라며 내 손을 잡고 밖으로 나
갔다.

"이 시간에 애들은 우짜고 여길 다 내려오노. 위험하다
고 밤 운전하지 말라 안 캤나. 밥은? 집까지 왔으면 들어
와야지 왜 밖에서 벌벌 떨고 있었노."

엄마는 괜히 딴소리만 했다.

"인제 고마 올라가 봐라. 애들 밥 줘야지."

"알았어요. 이제 가볼게요 엄마."

그리고 엄마를 꼭 안아드렸다. 그토록 자랑스러워하던 내 유니폼에 엄마 얼굴이 폭 묻혔다. 울 엄마 키가 언제 이렇게 작아졌을까.

'엄마, 봤지? 나 결국 잘 살잖아요. 이제 내 걱정 안 해 도 돼. 엄마보다 힘도 더 세고 돈도 더 많이 벌어요. 이 세 상 어디에 둬도, 나 잘 살아갈 수 있어요.'

꽃다발을 들고 서 있는 엄마에게서 두세 걸음 떨어져 마주 보고 섰다. 그리고 큰절을 올렸다. 손바닥과 두 무릎 에 닿는 콘크리트 바닥이 하나도 차갑지 않았다.

'고맙습니다 엄마. 모두 엄마 덕분이야.'

꽃다발을 안고 있던 엄마가 다시 한번 눈가를 훔쳤다. 당신이 가장 자랑스러워하는 모습으로 큰절을 올리는 것, 그것이 내가 표현할 수 있는 최대의 존경이고 감사였다.

이른 아침 작은 요양병원 마당에는 큰절을 올리는 딸
과 세상에서 가장 아름다운 사람이 서 있었다.

아이의
반성문

전남편이 뜬금없이 문자를 보냈다.

> 당분간 애들 나하고 지내면 안 될까?
> 여기서 공부 시키며 내가 돌보고 싶어!
> 그냥 애들을 위해 조금만 생각해줘.

평소답지 않게 예의 바르게 내 반응을 살폈다. 사실 전남편이 이러는 이유를 알고 있었다. 같이 살던 여자가 아이를 두고 나가버린 탓에 전남편은 육아휴직을 신청해야했다. 아빠가 자신들을 찾는 건 아이를 봐줄 사람이 없어서라고 그 집에 다녀온 아이들이 말했다. 사실이었다. 여자가 집을 나간 뒤 전남편은 아이들을 자주, 편하게 불렀다. 아이들은 아기도 구경할 겸 아빠를 보러 갔다.

우리 아이들은 또래에 비해 집안일에 능숙했다. 어릴 때부터 작은 십자드라이버를 쥐여주고 장난감 건전지 정도는 스스로 교체할 수 있게 가르쳤다. 아이들을 혼자 키우기 때문에 오냐오냐하며 모든 것을 해결해줄 수 없었다. 공동 공간은 함께 청소하고 함께 사용하는 거라고 가르쳤다. 대청소를 할 때도 구역을 분담해주었고, 자기 방은 무조건 스스로 청소하게 했다.

그리고 우리 아이들은 초등학교 때부터 간단한 밥과 반찬을 만들고 간식도 챙겨 먹을 줄 알았다. 가스레인지와 칼을 다루는 방법도 알려주었다. 워킹맘이니 그럴 수밖에 없었다. 일이 늦게 끝나거나 혹시 나에게 무슨 일이 생겨도 아이들이 굶지 않고 밥을 챙겨 먹을 수 있길 바랐다.

전남편은 그렇게 자신보다 집안일에 익숙한 사람이 필요했을 것이다. 자신이 아이들을 맡아 키우면 그 핑계로 양육비도 주지 않아도 되고, 남들이 볼 때 세 아이를 홀로 키우는 '짠하고 부성애 넘치는 멋진 아빠'가 될 수 있을 터였다. 게다가 우리 아이들과 함께라면 어린아이를 돌보는 고된 육아에서 잠시라도 벗어날 수 있었다.

차라리 힘들다고 토로했으면 인간적이라고 생각했을 것이다. 그런데 내게는 지난 10년 동안 걱정한 적 없으면서 이제 와서 이미 다 큰아이들을 걱정하는 척하는 것으로밖에 보이지 않았다. '애들을 위해'라니. 대체 어떤 생각으로 사춘기 딸들을 그런 환경에서 키우려는 건지. 대답할 가치가 있어야 답장을 할 텐데 그 어떤 대꾸도 하고 싶지 않았다.

아이들이 어릴 때는 매일매일이 전쟁 같았다. 막 싱글맘이 된 나는 직장 일과 육아, 두 가지 모두 완벽하게 해내고자 했지만, 늘 시간이 부족했고 정신이 없어 깜빡하는 것이 많았다. 숙제 검사, 알림장 확인, 준비물 챙기기, 아이들 학교생활 이야기 들어주기……. 일을 마치고 돌아오면 엄마로서 할 일이 기다리고 있었다. 저녁시간은 늘 부족하고 바빴다.

학교 준비물이었던 빨간 색연필을 챙겨주지 못한 날이었다. 아이는 '준비물을 잘 챙겨오겠습니다'라는 문장을 열 번 쓰는 숙제를 하고 있었다. 나 들으라고 하는 소리 같았다. '당신 뭐 하는 엄마냐'고 묻는 것 같았다.

아이 알림장을 보다가 내일 챙겨가야 할 준비물을 뒤늦게 알게 될 때면 화가 났다. 왜 진작 이야기하지 않았냐고 짜증을 퍼부을 때도 많았다. 아이에게는 엄마가 이 세상의 전부였을 텐데, 그런 엄마가 화를 냈다.

아이들은 준비물을 챙겨 가지 않거나 숙제를 안 해간 날마다 벌칙 숙제를 받아오곤 했는데 그 사실을 숨겼다. 엄마가 짜증을 낼까 봐 무서웠던 거다.

'끈 묶는 것을 연습해오겠습니다.'
'끈 묶는 것을 연습해오겠습니다.'
'끈 묶는 것을 연습해오겠습니다.'

그럼에도 가끔 아이들 노트를 보다가 발견하는 벌칙 숙제는 나를 '나는 대체 제대로 하는 게 뭐지?', '나한테 엄마 자격이 있긴 한 건가?'라는 자괴감에 빠지게 했다. 지금 생각하면 아이들에게 미안한 이야기지만, 몸이 아플 때는 아이들이 짐처럼 느껴지기도 했다. 종일 일만 하다가 집에 갔는데 어린아이들이 나만 쳐다보고 있는 상황이 숨 막힐 때가 있었다. 내가 없으면 누가 무엇 하나 대신해

줄 수 없었다. 내가 고단한 만큼 아이들이 말끔해지고, 살이 통통하게 오르고, 웃음꽃이 피었다. 그 사실을 아니까 더 힘들었다. 목이 타도 쳇바퀴에서 내려올 수 없었다. 발이 부르터도, 어지러워도 내려올 수 없었다. 내려오면 안 되는 거였다.

'내가 지금 뭘 하고 있는 거지?', '언제까지 이렇게 살아야 하는 거지?' 끊임없는 물음이 쏟아졌다. 울고 싶었지만, 울 공간도, 시간도 없었다. 답답함이 목구멍까지 차오르던 퇴근길, 회사 담장 앞에 차를 세웠다. 충혈된 눈으로 주위를 살폈다. 아무도 없었다. 꾹 다문 입술 사이로 조금씩 삐져나오던 울음이 점점 커졌다.

이렇게 사는 나를 어떻게 정의할 수 있을지 몰라 답답했다. 아이들에게 좀 더 여유롭고 살갑지 못한 내가 미웠다. 너를 빨리 학교에 데려다줘야 엄마도 출근할 수 있다고, 밥 좀 빨리 먹으라고 쓴소리를 했던 아침의 내가 미웠다. '다 컸으면서 이것도 못 하니'라고 혼내다가 곧 '아직 쪼끄만 게 뭘 안다고 그래?'라고 말하는 모순덩어리인 내가 미웠다.

어느새 아이들에게 돌아가야 할 시간이었다. 내 울음에 허락된 시간은 고작 15분이었다. 15분간 치열하게 울고 괜찮은 척 바로 마트로 향했다.

그날 저녁, 밥을 해먹이고 애들을 재운 뒤 알림장을 확인하다가 그만 남은 눈물을 죄 쏟았다.

'엄마, 태어나게 해주서서 고맙습니다.'

태어나게 해주서서 고맙다는 아이의 글씨를 보고 말로는 표현 못 할 미안함에 밤새 울었다.

싱글맘이
딸을 키울 때

8살 때부터 이리저리 전학을 반복하며 데리고 다닌 큰 아이가 어느새 초경을 맞이했다.

처음 딸을 품에 안았을 때, 많은 상상을 했다. 우리 딸이 첫 남자친구를 사귀면 그 애를 만나서 대화해봐야지. 첫 출근 때는 꼭 멋진 정장을 사줘야지. 같이 미용실과 찜질방에도 가고, 언젠가 딸이 결혼하면 무슨 일이 있어도 딸 편에 서 줘야지. 그리고 우리 딸이 초경을 할 때는 남편에게 근사한 꽃다발과 향수를 사오라고 하고 나는 예쁜 속옷을 골라줘야지 하며 기뻐했었다.

비록 아빠가 건네는 장미꽃과 향수는 없지만, 퇴근길

에 딸이 좋아하는 예쁜 케이크와 장미 장식이 달린 목걸이를 사 왔다. 미아 방지용 팔찌 이후로 처음 선물하는 액세서리였다.

"엄마가 정말 정말 축하해."

아이의 처음에는 늘 눈물이 났다. 중학생이 되어서 교복을 맞추러 가던 날, 웨딩드레스도 아닌데 혼자 울컥하고 말았다. 손을 잡아주어야 겨우 계단을 오를 수 있었던 어린아이들이 어느새 엄마 키를 뛰어넘을 만큼 자라 마음을 털어놓을 수 있는 친구가 되어 있었다.

아이들을 그 집에서 데리고 나온 직후, 나에게 주어지는 돈은 비정규직의 초라한 월급뿐이었다. 이혼 소송으로 양육비를 받아내기 전까지는 오로지 월급으로만 아이들을 키워야 했다. 월급을 받으면 매달 20만 원씩 따로 모았다. 아이들이 쑥쑥 크면서 식비가 많이 들 때도, 예기치 않게 병원비가 나갈 때도 있었고, 아이들 책이나 옷을 사주느라 지출이 초과될 때도 있었지만, 이 20만 원만큼은 꼭 저축했다. 통장 이름은 '이벤트'라고 지었다. 그 통장에 돈이 모이면 아이들을 데리고 여행을 떠났다. 대단한 여행은 아니었다.

"엄마, 닭갈비는 왜 춘천이 유명해?"
"글쎄? 직접 가서 먹어볼까?"

아이의 궁금증을 해소해주기 위해 3시간을 운전해서 춘천에 다녀왔다. 부산 돼지국밥이 왜 유명한지 궁금하다는 아이의 말에 새벽 4시부터 부산 방향 고속도로에 오르기도 했다. 뒷좌석에서 잠든 아이들의 살 냄새를 맡으며 멀리 떠오르는 태양을 보았다. 행복이 그리 멀리 있는 것 같지 않았다.

아이들은 갑작스레 떠난 여행의 새벽 공기, 그날의 바람과 풍경, 맛있게 먹었던 음식들을 오래도록 기억했다. 덕분에 우리는 나눌 이야기가 늘 풍성했다.

싱글맘으로 살아가면서 가장의 무게에 매일 좌절하고 힘들어했지만, 만약 아이들이 없었다면 살 수 없었을 것이다. 이제는 나만 바라보던 아이들에게 의지하며 살아가고 있다.

여자로서 사랑받고 사는 삶도, 엄마로서 책임과 울타리를 견고히 지키는 것도 중요하다. 하지만 이 두 가지를 동시에 해낼 수 없다면 나는 지금까지 나를 살게 한 내 아이들을 행복하게 하는 편을 선택하려고 한다. 하루를 치열하게 살아낸 아이들이 집에 와 옷부터 훌훌 벗어 던지고 배고프다고 투덜거리면 조촐한 밥상을 차려주고 과일을 깎아주고 싶다. 그리고 한숨 푹 자게 하고 싶다. 아이들에게 집과 엄마란 늘 그런 곳이었으면 좋겠다. 언제까지라도.

엄마지만 여전히
육아 초보입니다

혼자 아이들을 키운 지 10년이 되었다. 고단한 퇴근길, 동네 마트에서 장을 봐서 부랴부랴 아이들 저녁을 해먹이고 집안일을 하던 까마득한 시간은 지났다. 이제는 아이들이 뚝딱뚝딱 저녁밥을 지어놓고 퇴근하는 엄마를 기다렸다가 함께 숟가락을 드는 일상이 찾아왔다.

"역시 우리 집은 달걀 프라이 맛집이야. 엄마는 우리 딸이 해주는 게 제일 맛있더라!"

엄지를 치켜세워주면 아이는 달걀만 가지고도 스크램

블드에그, 지단, 계란말이 등 온갖 음식을 만들어냈다. 아주 어릴 때부터 엄마를 도와 설거지를 하겠다고 까치발을 하고 그릇을 씻던 아이였다.

아이들이 아직 초등학생일 땐 아이들만 집에 두기 불안해서 공부방, 학원에 열심히 보냈다. 혼자 키운 아이들이 공부도 못하고, 친구들과 어울리지 못할까 봐 조바심낸 것도 물론 맞지만, 성적보다는 아이들을 혼자 두지 않는 것이 더 중요했다. 싱글맘인데다 연고가 없는 동네다 보니 직장에 나가는 나를 대신해 아이들을 돌봐줄 사람이 아무도 없는 것이 문제였다.

그런 아이들이 교복을 입는 나이가 된 뒤, 나는 선언했다.

"이제 학원 다니기 싫으면 안 다녀도 돼."

아이들은 무척 좋아했다. 그동안 엄마 눈치 보며 억지로 학원에 다니느라 불만이 많았을 것이다.

"대신, 이제 학원 다니고 싶으면 엄마를 설득해. 무슨 이유로 어떤 학원에 다닐 건지 설명하는 거야. 엄마가 들

어보고 합당하다는 생각이 들면 학원비를 기꺼이 내줄
게. 하지만 남들 다 다니니까 다니는 거라면 차라리 그 돈
으로 빵 하나 더 사 먹고, 고기 한 점 더 사 먹자. 그게 낫
겠어."

아이들은 학교가 끝나면 신나게 집에 돌아와 쉬었다.

"엄마! 내 친구 성적 떨어졌다고 엄마한테 휴대폰 뺏겼
대. 그 집에서 살면 정말 힘들겠어. 우리 집에서는 상상도
할 수 없는 일이잖아?"
"엄마는 내 성적표 안 봐? 내 친구는 성적표 받고 울었
어. 집에 가면 엄마한테 혼난다고."

아이들이 성적표를 가져와도 점수는 보지 않았다. 아
이들 시험이 있던 날 저녁, 이미 그날 본 시험에 대해 이
야기 나누었기 때문이다.

"엄마, 나 오늘 수학 38점 맞았어."
"우와 20점이나 오른 거야? 대박! 너처럼 20점 올린 친
구는 없을걸? 너 엄청 노력했구나!"

언니의 성적 공개에 동생은 배꼽을 잡고 웃고 있었다.

"엄마! 내 친구는 오늘 95점 받았다고 책상에 엎드려서 울었어. 난 이해가 안 돼. 왜 울지? 나는 70점 맞아도 엄마가 잘했다고 해주는데. 지난번에 언니 수학 38점 받았을 때도 잘했다고 떡볶이 파티했잖아."

나는 안다. 숫자에 약한 나를 닮아서 아이들이 수학 성적에 스트레스 받으리란 것을. 아이는 100점이 아니라 지난 시험보다 나아진 점수를 원했을 것이다. 엄마에게 미안하지 않기 위해서라도 말이다. 내 아이가 끙끙대며 노력하는 모습을 지켜봐왔는데 성적 좋은 남의 아이들과 비교해서 무엇하겠는가.

나한테는 성적표에 찍힌 숫자보다는 선생님이 써주시는 학교생활 이야기가 더 중요했다. 아이가 친구들과 잘 지내는지, 무슨 과목을 좋아하는지, 그리고 학교생활을 즐거워하는지가 궁금했다.

아이들을 자유롭게 풀어놓으니 오히려 뭐든 아이들 스스로 생각하고 판단하며 자라게 되었다.

"엄마, 이 과목은 아무래도 학원에서 도움을 좀 받아야 할 것 같아."

"왜? 학원을 그렇게 싫어하더니?"

"응 싫어했지. 그런데 중학교 오고 보니까 도저히 혼자는 안 될 것 같아. 어느 정도는 따라가야지."

큰아이는 학년이 올라갈수록 어려워지는 공부에 힘들어했다. 하지만 학원을 그만두고 싶다는 말은 하지 않았다. 학원에 다니는 이유를 스스로 알기 때문이었다. 영어유치원을 나오고 과외가 일상이었던 친구들 사이에서 혼자 애쓰는 아이를 보니 마음이 아팠다.

"딸~ 학교에 줄넘기 잘하는 친구도 있고 그림 잘 그리는 친구도 있지? 그 친구들은 그쪽에 재능이 있는 거야. 공부도 마찬가지야. 공부를 잘하는 친구들은 그게 재능인 거야. 네가 그 친구들보다 조금 못한다고 해서 걱정할 필요는 없어. 넌 그것 말고 다른 것을 잘하잖아. 누구나 남들보다 조금 더 잘하는 분야가 있는 거야."

6학년이었던 작은아이는 학원을 다니지 않는 대신 하

고 싶은 것이 있다고 했다. 노래를 잘하고 싶으니 보컬 학원에 보내달라는 거였다. 친구들이 중학교 학업을 준비하느라 학원을 다니고 과외를 받는 등 분주할 때, 작은아이는 본인이 원했던 보컬 학원에 다녔다. 그런데 몇 달 다녀본 뒤에는 스스로 이 길이 아니라는 것을 느낀 모양인지 "엄마, 다녀보니까 알겠어. 이제 그만 다닐래. 경험해 봤으니 됐어"라고 말했다. 나는 아이들이 국영수 공부보다 자신이 원하는 것을 잘 알고 직접 도전해보며 자라기를 바랐다.

아이들의 선택에 전적으로 맡기긴 했지만, 사실 의논할 사람이 없는 것도 이유였다. 잦은 이사와 함께 이혼 사실을 숨겨온 나로서는 친구도, 조언을 구할 만큼 가까운 사람도 없었다. 다행히 아이들이 자신의 생각을 잘 정리해서 말할 수 있는 아이들로 자라준 덕에 나는 내 의견 정도만 말해주면 되었다.

실패도 배움의 일종이다. 어떤 일이 잘 풀리지 않을 때 그 이유를 생각해보는 것도 소중한 경험이며, 내게 맞는 무언가를 찾느라 방황하는 과정도 결국 배움이 된다.

나는 1등, 2등 하지 못하는 아이들이 부끄럽지 않다. 내가 두려운 것은 오직 아이들 보기에 열심히 살지 않는 엄마로 보이는 것, 그뿐이다.

아이들이 공부를 잘하길 바란다면 나부터 공부하는 모습을 보이면 된다. 독서를 강요할 시간에 나부터 책을 읽으면 된다. 아이가 악기 하나쯤 멋지게 연주하는 것을 바란다면 마찬가지로 내가 먼저 배우는 모습을 보여주면 된다.

내 삶의 주인이 나이듯, 아이들의 삶도 결국 아이들 것이다. 그 백지에 내 그림을 그리려고 하면 안 된다고 생각했다. 아이들이 내 곁에 와준 것만으로도 충분하다. 이 아이들은 내 옆에서 쌔근쌔근 잘 자는 것만으로도 내 삶에 목적을 주고 나를 살게 했다.

Part

4

더 이상 가난하게

살지 않겠다

되찾은 나의
암 보험금

가격을 신경 쓰지 않고 아이들이 먹고 싶어 하는 것을 전부 주문할 수 있는 능력, 나는 그것이 갖고 싶었다. 저축하지 않고, 갖고 싶은 물건이 있어도 꾹 참으면 몇 번은 그렇게 할 수 있을 것이다. 하지만 그것이 가능하려면 그 돈을 쓴 뒤 생활비 걱정이 안 되어야 했다.

아이들은 내 월급이 오르는 것보다 더 빠른 속도로 자랐다. 정규직이 되면서 공제되는 세금도 늘었지만, 어쨌거나 몇만 원씩이라도 월급이 올랐다. 물론 그래 봐야 고기를 한 번쯤 더 먹을 정도, 피자를 좀 더 비싼 브랜드에서 주문할 수 있을 정도였다.

하지만 시간이 지날수록 지출이 나도 모르게 조금씩 커졌다. 마음을 다잡았다. 고정 지출 금액을 제외하고는 원래 없었던 돈처럼 모조리 모으기 시작했다. 명절 보너스도, 성과금도, 보험에서 나오는 축하금도 쓰지 않고 모았다.

연차가 쌓이고 직급이 높아져도 내 월급은 고정 지출만큼만 나온다고 최면을 걸었다. 월급이 입금되자마자 용도별로 다른 계좌에 이체해버리니 오른 월급을 체감할 일이 없었다. 주위에서는 연말 보너스가 두둑하게 나오면 냉장고를 새로 사거나 소파를 바꿨다. 차를 바꾸는 사람도 있었다. 수술 후 항상 등이 시렸던 나는 직장 동료들의 두툼한 점퍼가 부럽기도 했다. 하나씩 다 가지고 있는 명품 가방도 부러웠다. 하지만 그럴수록 '혼자 벌지만, 착실하게 모으면 언젠가 부자가 될 수 있을 것'이라는 희미한 희망을 가지며 애써 지갑을 닫았다.

아이들이 어릴 때부터 주변 어른들에게 받은 용돈은 출금 카드가 없는 계좌에 모아두었다. 세뱃돈도 나중에 준다며 곧바로 통장에 넣어버렸다. 아무리 혼자 하는 살림이 어렵더라도 이 돈만은 절대 건드리지 않겠다고 다짐했다.

아이들이 돈의 개념을 알게 되고서는 자신들이 받은 돈의 소유권(!)을 주장하는 바람에 절반은 아이들에게 주었지만, 절반은 다시 통장에 넣었다. 아이들이 교복을 입으면서부터는 교통카드를 충전해주고 별도로 약간의 용돈을 주었다. 아이들은 용돈을 스스로 관리하는 습관을 들이기 시작했다.

아기 때부터 천 원도 쓰지 않고 모아뒀던 용돈 통장에는 어느새 천만 원이 넘는 현금이 쌓여 있었다. 그런데 시중 은행 입출금 계좌의 이자는 정말 새 모이만큼 적었다. 증권사에서 CMA 계좌를 개설하여 옮겨 두기도 했고, 직장인을 위한 한시적 특판 적금 상품에 매달 얼마씩 이체하며 약간의 만기 이자라도 더 받으려고 노력했다.

그렇게 매일 빠듯하게 가계부를 쓰며 아이들을 키워가던 중, 전남편 명의로 분양받았던 아파트가 팔렸다는 것을 알게 되었다. 분양받을 당시 계약금은 나의 암 보험금으로 충당했다. 전남편에게 문자를 보냈다.

> 4천만 원 입금해. 그거
> 내 돈이야.

남편의 빈정거리는 목소리가 귀에 들리는듯했다.

"돈, 돈 거리지 마. 그게 왜 네 돈이야?"

암에 걸렸을 때, 남편은 내 성질이 못돼먹어서, 스스로 스트레스를 줘서 암에 걸린 거라고 말했다. 그런 내 몸에서 암덩어리를 꺼내고 받은 보험금이었다. 남편은 자기 가족들과 먹고 노는 것에 돈을 시원하게 써대서 모아둔 돈이 하나도 없었다. 그래서 계약금을 내줬던 건데, 계약금 이야기만 나오면 나를 돈독 오른 사람 취급했다. 하지만 이젠 눈치 볼 필요도, 조심할 이유도 없었다. 느낌표를 더 붙여서 문자를 한 통 더 보냈다.

내 돈이야 그거! 보내!
공증에도 분명히 아파트
팔리면 준다고 했어!

예전에 땅을 산다고 해서 내 보험금 3천만 원을 맥없이 뺏기고 원망 한번, 큰소리 한번 지르지 못한 것이 생각났다. 아파트 계약금으로 4천만 원을 내고도 돈이 더 있다는 것을 안 남편이 3천만 원을 더 받아다 기획부동산에 가져주었는데 결국 그 돈의 행방을 모르고 이혼했다. 후배에게 빌려줬다는 말로 둘러대며 끝내 돌려주지 않았다. 어쩜 아내의 암 보험금을 날리고도 사과도 한 번 하지 않을까.

내 몫을 주장하지 않으면 또 빼앗길 것 같았다. 미친 여자처럼, 그래, 전남편 말마따나 돈에 환장한 여자처럼 몰아붙였다. 공증을 받아둬서일까? 얼마 후 남편은 나에게 돈을 보내왔다. 내 돈 4천만 원을.

병에 걸린 나를 위로하고 치료하는 데 쓰일 돈이었지만, 정작 나는 한 번도 만져보지 못하고 엄한 곳에 쓰였던 그 돈이 다시 내 계좌에 찍혀 있었다. 4천만 원, 4천만 원이라……. 나는 통장을 쥐고 은행 의자에 털썩 앉았다. ATM에서 통장 내역이 찍찍 정리될 때부터 고여 있던 눈물이 손등에 툭 떨어졌다. 창피한 줄도 모르고 손등으로 눈가를 문지르며 울었다.

그동안 '돈 이야기하려면 애들을 나한테 보내라'라고 해서 보험금 이야기를 쉽게 하지 못했다. 아파트가 팔리기 전까지 전남편 기분을 살피느라 참고 또 참았다. 재촉하는 것도 눈치가 보였다. 여차하면 기분 나쁘다고 돈을 주지 않을까 봐 지난 몇 년을 걱정했다.

은행에서 울고 있으니 청원경찰이 다가와 무슨 일이냐고 물었다. 보이스피싱은 아니라고 하고 은행을 나왔다.

'누구에게도 빼앗기지 않을 거야. 누구에게도⋯⋯.'

그렇게 4천만 원은 돌려 받았지만, 후배에게 빌려주었다던 3천만 원은 이혼 소송 때에도 받을 수 없었다. 상대측 변호사는 이미 위자료에 달하는 4천만 원을 입금해줬지 않냐고 주장했고 나는 변호사의 눈을 똑바로 쳐다보고 그건 내 보험금이었다고 말했다.

법정에서 남편은 땅을 산다고 가져갔던 내 보험금 3천만 원과 별거 후 부담하지 않았던 4년 치의 양육비를 면제받았다. 가정 파탄 유책에 대한 위자료 또한 면제되었다. 요양원에 계신 어머니의 병원비를 감당해야 하는데 경제적인 여유가 없다는 것이 이유였지만, 사실 다른 여자를 몰래 만나고 있었으니 재혼 준비 중이었을지도 모른다. 새 출발을 하려는 그 사람에게 돈은 절대적으로 중요했을 것이다.

지난날 보험금을 양보한 것은 순진했던 내 책임이나

마찬가지였다. 아무리 남편이라지만 뭘 믿고 그렇게 줘 버렸을까. 나의 불찰이었다. 하소연해봐야 나의 무지함과 나약함을 광고하는 것밖에 더 될까 싶었다.

잊기로 했다. 그 3천만 원도, 결혼생활도, 남편이었던 그 사람도 말이다.

4천만 원을 되찾은 이후 틈나는 대로 책을 읽고, 재테크 영상을 보고, 가계부를 수정해 나갔다. 소극적으로 돈을 모으기만 해서는 부자가 될 수 없다는 생각이 들었다. 작디작은 내 급여를 보니 그러한 생각이 더 강해졌다. 아이들 용돈 천만 원과 아껴두었던 보험금 일부를 더해 국내 우량주식을 샀다.

나는 워낙 숫자에 약하고 이해력도 부족하다. 그래서 설명을 들어도 금세 잊어버리고 만다. 주식을 어떻게 사는지만 겨우 알았기에 주식 계좌를 만들고 주식을 사는 것까지 한 뒤에는 전혀 신경 쓰지 않았다. 매일 아침 주가 창에 시선을 고정한 채 흡연구역을 왔다 갔다 하는 동료들이 단타로 얼마를 벌었다며 난리법석을 떨었지만, 나는 안전한 대기업 주식을 사두고 잊어버리는 편을 택했다. 부식비를 아껴서 돈이 모이면 똑같은 주식을 한 주, 두 주

더 샀다. 그리곤 또다시 잊어버렸다.

'부동산 거품이 빠지기 시작했다', '침체기다', '거래가 없다', '지금 집을 사면 바보다', '떨어지는 칼날이다' 각종 매체에서 이런 기사가 쏟아져나올 즈음 언니가 전화를 했다.

"전세 끼고 아파트 하나 사놓지 않을래? 서울에 있는 아파트야."

사실 서울 어느 동네라고 알려줘도 잘 몰랐다. 다만 사람들이 좋아하는 브랜드의 아파트였고 소형 평수였다. 전세가와 매매가의 차이가 3천만 원밖에 나지 않았다. 누구에게 뺏길세라 묻어두었던 보험금으로 전세를 끼고 아파트를 샀다. 태어나서 처음으로 생긴 내 명의의 아파트였다. 실감은 나지 않았다. 내가 들어가 살 수 있는 집이 아니었기 때문이다.

쑥쑥 자란 아이들이 유치원 때부터 탔던 엄마 차가 이젠 좁다고 성화였지만, 나는 당장 차를 바꿀 생각이 없었다. 지출은 딱 정한 만큼 잘 통제되고 있었다. 전세를 주었던 아파트는 계약 기간이 끝났고, 또다시 같은 가격으로 전세를 놓았다.

시간이 흘러 아파트 가격은 내가 샀던 가격의 두 배를 향하고 있었고, 사 놓고 묻어둔 주식은 30퍼센트가 넘는 수익률을 기록하고 있었다. 아파트 매매가와 전세가가 함께 오르기 시작했다. 단지 잘 몰라서 기다렸더니 벌어진 일이었다. 그런 생각이 들었다.

'어쩌면 더는 가난하게 살지 않아도 될지 몰라.'

내 미래를 위해, 그리고 아이들에게 짐이 되지 않기 위해 돈 공부를 시작했다. 아이들이 제법 자랐으니 이제 나만 좀 더 부지런하면 못할 일도 아니었다. 옷을 사는 대신 그 돈으로 재테크, 부동산 관련 책을 사기로 했다. 10년 넘은 차를 조금 더 타기로 했다.

읽고 싶은 책 목록을 적어 중고 서점에 갔다. 중고 서점 몇 군데를 돌아도 구할 수 없는 책만 새 책으로 샀다. 출퇴근 시간에는 재테크 관련 방송을 들으며 운전했다. 용돈을 아껴 부동산 강의를 신청하고, 퇴근 후나 주말에는 부동산 공부와 숙제를 하는 데 시간을 썼다.

이미 지난 일들은 어쩔 수 없지만 앞으로는 누구에게
도 휘둘리지 않고 나 스스로 계획하고 실행하며 살고 싶
다는 생각이 들었다. 나는 마음만 부자이고 싶진 않았다.
이혼했고, 혼자 아이들을 키우지만, 절대 가난하게 살지
는 않을 거라고 다짐했다.

이혼했지만 가난하게
살고 싶진 않습니다

"이번 물건에 입찰하신 분은 두 분입니다. 해당 물건 입찰하신 분들 앞으로 나오세요."

경매로 나온 깔끔한 빌라를 입찰한 사람은 나를 포함해 단 두 명이었다. '이러다 정말 낙찰하는 거 아냐?' 떨리는 마음으로 어정쩡하게 자리에서 일어섰다. 지방에 있는 아주 새것 같은 빌라였다. 이 빌라를 낙찰받으면 월세를 받을까, 아님 전세로 내놓을까? 시상식에서 소감을 준비하듯 행복한 상상을 마구 했다.

하지만 정확히 3분 뒤 나는 경매 보증금을 들고 허탈한 표정으로 경매법원을 나오고 있었다. 나보다 600만 원 정도 더 높게 입찰가를 쓴 남자가 빌라를 낙찰받았다.

'휴가까지 쓰고 왔는데 너무하네.'

어디 가서 하소연도 못할 소리를 중얼거렸다.

돈 공부를 하기로 마음먹은 뒤, 조금씩 모아둔 돈으로 부동산 경매 기초반 수업을 신청했다. 주말이면 버스를 타고 서울까지 올라가서 수업을 들었는데 공교롭게도 연초부터 심상찮았던 코로나19가 어느새 일상에 스며들고 있었다. 그렇게 수업이 흐지부지되는 듯했지만, 희망의 끈을 놓을 수는 없었다. 가난해지기 싫었기 때문이다.

나는 자본주의 사회에서 살고 있으면서 지금껏 자본주의의 속성을 하나도 모르고 지냈다. 사업가나 투자자는 자본이 있고 머리가 좋은, 타고난 극소수라고만 생각했는데 나 같은 월급쟁이들도 시간을 내 부동산이나 주식을 공부하고, 투잡(two job)을 하며 끊임없이 훈련하고 공부한다는 사실을 알게 되었다. 그동안 나는 피곤하다는 핑계로 술 한 잔 하며 신세 한탄이나 했는데 말이다.

'어제와 똑같이 살면 내일도 오늘과 같겠구나.'

똑같은 날들이 쌓이고 쌓여 일주일, 한 달, 1년, 10년이 되면 나는 그때도 성장 없이 이렇게 내 시간과 돈을 맞교 환하며 살게 되리라는 것을 깨달았다.

내가 처한 재정 상황을 냉정하게 적어보았다. 낭비하 지 않으며 열심히 살고 있다고 생각했지만, 낭비하지 않 았을 뿐이지 그렇다고 돈이 척척 쌓이지도 않았다. 부자 가 되고 싶다고 했지만, 구체적인 계획은 없었다.

"건물주가 되고 싶으세요? 어느 지역에 있는 몇 층짜리 건물을 갖고 싶으신데요?"

재테크 상담을 받으러 갔던 곳에서 이런 질문을 받고 얼굴이 화끈거렸다. '제 장래희망은 건물주가 되는 것입 니다'라고 앵무새처럼 말하는 것 말고 실행에 옮긴 것은 없었다는 사실을 알게 되었다. 종잣돈 3천만 원으로 서울 아파트를 샀지만, 팔아서 내 손에 쥐어야지만 내 재산이 되는 것이다. 그리고 그 아파트 역시 운이 좋아 적절한 시 기에 매입했을 뿐 나는 여전히 부동산 까막눈이었다. 회사를 언제까지 다닐 수 있을지도 장담할 수 없었다. 그래서 본격적으로 부동산 경매 공부를 시작했다.

경매를 위해 법원에 다녀오면 꼬박 하루가 쓰였다. 다시 물건을 조사하고 법원에 가서 입찰했지만, 또 빈손으로 법원을 나오게 됐다. 매주 휴가를 내면서 법원을 다닐 수도 없고, 직장을 그만둘 수도 없었다. 밤마다 경매 사이트에서 물건을 검색하고, 수시로 경매 카페에 들어갔다. 다른 사람들의 경험담을 읽고 또 읽고, 메모까지 하며 공부했다.

어느 날 이웃 단지에 경매로 나온 아파트가 보였다. 지방은 내가 바로 가서 확인할 수가 없으니 실제로 괜찮은 물건인지는 자신하지 못했는데 우리 동네 아파트라니, 그것도 매일 지나다니는 익숙한 단지라니! 눈이 번쩍 뜨였다.

경매로 나온 아파트의 내부를 볼 수는 없지만, 아파트 도면을 구해서 확인할 수 있고, 무엇보다 내가 이 동네에 살고 있으니 아파트 시세 정도를 가늠할 수 있어 좋았다. 한번 유찰되어 최저 입찰 가격이 70퍼센트까지 떨어져 있는 매물인데다 단지 내 아파트이니 경쟁자가 많을 것 같았다. 주변의 환경이야 내가 사는 동네이니 더 알아볼 필요도 없었지만 한 번은 가서 확인해보고 싶었다.

퇴근길에 들르면 누가 봐도 경매 물건 조사하러 나온 사람 같을까 괜한 걱정이 되었다. 집에서 수면 바지로 갈아입고 일부러 쓰레기 봉지를 들고 나갔다. 누가 봐도 그 아파트에 사는, 그냥 집 앞에 쓰레기 버리러 나온 주민처럼 보이면 좋을 것 같았다.

꽤 오래된 주공아파트임에도 엘리베이터가 깔끔하고 외관도 괜찮았다. 무엇보다 이 근방에서는 비교적 대단지이고, 대중교통편도 좋았다. 근처에 학교도 있었다. 보통 경매로 나온 집 우편함에는 독촉장이 수북하거나 현관문에 이것저것 덕지덕지 붙어 있는데 이 집은 우편함에 우편물이 없었다. 집주인이 사는 모양이었다. 이 집 가장도 얼마나 마음고생이 심할까 싶었다. 아파트 계단을 걸어 내려오면서 복도 청소 상태를 확인하고 주차장과 아파트 앞뒤를 한참 서성거렸다.

집에 돌아와서 입찰가를 얼마나 쓸 것인지, 관리비는 얼마나 밀렸는지 조사하고 고민했다. 그리고 예상가를 써놓았다.

월요일 오전, 법원. 역시나 경쟁자가 많았다. 입찰 경쟁자는 나 포함 무려 18명이었고 나는 시세 조사와 수익률을 서투르게나마 계산하여 쓴 금액으로도 다시 한번 패찰했다. 이번에는 18명 중에 3번째로 높은 가격을 썼다.

낙찰받은 1등을 제외하고 나머지 사람들 사이에 섞여 입찰보증금을 돌려 받았다. 오후 4시가 다 되어 가고 있었다. 점심을 못 먹은 덕에 배가 꼬르륵거렸다. 5시간을 서서 기다린 탓에 허리에 감각이 없었다. 아이에게 문자를 했다.

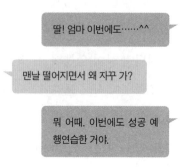

> 딸! 엄마 이번에도……^^

> 맨날 떨어지면서 왜 자꾸 가?

> 뭐 어때. 이번에도 성공 예행연습한 거야.

아이가 놀리는 이모티콘을 보내왔다. 공영주차장에서 차를 찾아 나오는데 허리만큼이나 명치도 뻐근해졌다. 점퍼 위로 마른 눈물이 툭 떨어졌다. 며칠 동안 그 아파트 주변을 서성이던 것이 떠올랐다. 퇴근 후 아파트 시세를 뒤지고 동네 부동산 주변을 기웃거리며 매매, 전세 물건을 확인하던 것도 생각났다. 낙찰되면 야채김밥 말고 참치김밥을 사 먹어야지 다짐했는데……. 하하! 참치김밥을 먹을 게 아니라 어디 가서 냉수라도 들이켜야 할 판이었다.

허탈했지만 공부할수록 점점 1등과의 거리가 좁혀지는 것을 느꼈다. 왜 이 가격인지, 공부를 처음 시작할 때와는 조금 다르게 생각할 수 있게 있었다.

"경매를 공부한다고? 그거 아무나 하는 거 아니야. 보증금 다 떼일 수도 있어. 사람이 할 짓이 못돼. 차라리 다른 거 해. 그게 돈이 되기나 하겠어?"

지인들은 부동산 공부에 대해 부정적인 반응을 보였다. 조금 마음이 상했지만 이내 한 귀로 흘렸다. 그 사람들은 부동산 성공 경험이 없는 사람들이란 걸 알기 때문이었다. 공부하면 할수록 호기심을 잃고 두려움만 커졌다. 하지만 해보기도 전에 남들의 의견에 휩쓸리지 않기로 했다.

집에 돌아와 식탁에 앉으니 아이가 밥을 꾹 눌러서 퍼주었다. 엄마가 굶은 걸 아는 걸까? 우리 셋은 묵묵히 밥을 먹었다. 그러다가 결국 침묵을 참지 못하고 조잘조잘 경쟁하듯 대화를 시작했다. 나는 직장에서, 아이들은 학교와 집에서 각자 어떤 하루를 보냈는지 밥풀보다 많은 이야기를 늘어놓았다.

아이들은 말하지 않아도 안다. 엄마가 오늘 얼마나 상심했을지. 나도 나를 바라보는 아이들 마음의 온도를 알 수 있었다. 그래도 배움을 멈추지 않을 것이다. 실행을 망설이지 않을 것이다. 나는 엄마니까. 가난하게 살지 않겠다고 다짐했으니까.

이혼 후 처음으로
내 집에 살다

"조심해서 먹어. 벽에 국물 튀잖아. 주인아주머니가 인테리어한 지 얼마 안 되었다고 집 깨끗하게 쓰라고 했어."

어쩌다 보니 아이에게 잔소리를 했다. 월세를 내고 들어갔던 그 집은 주인댁에서 리모델링을 막 끝낸 후 임대를 놓은 집이었다. '계약 종료 시 베란다 창틀을 지금처럼 깨끗하게 청소하고 나가야 한다'라는 계약서 문구에 마음이 불편했지만, 아이들을 깨끗하고 좋은 집에서 키우고 싶어 튀어나오는 입을 꾹 집어넣고 도장을 찍었다.

민감한 사춘기 아이들을 위해 무리해서 깔끔한 집을

계약하긴 했지만, 새하얀 벽지에 라면 국물이 튈까 봐, 가스레인지에 기름때가 낄까 봐 라면을 끓이거나 고기를 구워 먹는 것도 조심스러웠다.

'내가 살 내 집을 가질 순 없을까? 월세나 대출 이자나, 다른 게 뭘까. 월세로 낸 돈은 없어지지만, 대출을 받아 집을 사고 이자를 낸다면 나중에 시세가 오른 아파트라도 남는 것 아닌가?'

밤이고 새벽이고 틈틈이 부동산 책을 읽으며 생각했다. 아이들을 고려해 학원과 상권이 갖춰진 동네로 이사를 왔기에 월세를 살면서도 주변 아파트를 유심히 보기 시작했다. 동네 부동산에 붙은 매물을 훑어보았지만 5억, 6억이라는 숫자에 기겁해 고개를 절레절레 흔들며 돌아왔다.

주말 아침마다 아이들이 깨기 전에 주변 동네 아파트 단지를 돌았다. 이 아파트 주변에는 어떤 학교가 있고, 어떤 상가가 있으며, 부동산에는 얼마짜리 매물이 나와 있는지 살폈다. 버스정류장을 지나칠 땐 노선이 몇 개쯤 되는지 세어보았다. 나라면 이 동네에서 애들을 키우기 어떨까. 정문이 대리석으로 멋지게 꾸며져 있는 아파트에서 깔깔거리며 나오는 학생들이 부러웠다. 사실은 내 아이들에게 미안했다.

조경이 화려하게 잘 갖춰져 있는 아파트 단지에 들어가 보았다. 공동 현관문이 없는 아파트는 꼭대기 층까지 걸어서 올라가 보기도 했다. 걷고 또 걸으면서 내가 여기 주민이라면 어떨까 상상해보았다.

살고 있던 집의 재계약 기간이 다가오고 있었다. 증발해버리는 월세를 또다시 내고 살 것인지 고민이었다.

'생활비를 조금만 더 아끼면…… 대출을 받아서 집을 살 수 있지 않을까?'

집 근처를 시작으로 매물을 확인해 나갔다. 내가 감당할 수 없는 비싼 아파트를 제외하고 20평대 매물을 올려놓은 부동산에 전화해 집을 보러 가겠다고 약속을 잡았다.

퇴근하고 아파트 네 개를 보기로 했는데 갑자기 두 개가 취소됐다. 이 동네 아파트값이 심상치 않아 집주인이 팔겠다고 내놓은 아파트를 거둬가기도 한다고 했다.

"집주인이 좀 늦는다고 내일 집을 보여줄 수 있다고 하네요. 주말인데 다시 오실 수 있나요?"

무조건 가겠다고 했다. 집에서 멀지 않은 아파트였다. 평수는 작았지만 지금 세 들어 사는 아파트보다 연식도 좋았다. 주변 상권과 교통편은 미리 파악해둔 터였다. 게다가 작은아이 학교와도 더 가까웠다.

만나기로 한 시간보다 조금 더 일찍 가서 다시 한번 아파트 단지를 산책했다. 여기에서 아이들과 사는 상상을 하며 장단점을 머릿속에 정리했다. '아파트값을 백만 원이라도 깎을 수 있으면 얼마나 좋을까. 두 달 치 부식비인데……' 그런 생각을 했다.

시간이 되어 중개사와 집을 보러 들어갔다. 집주인은 오는 사람마다 자꾸만 백만 원, 2백만 원씩 깎아달라고 한다며 절대 그렇게 하지 않겠다고, 깎으려면 아예 사지 말라는 의중을 내비쳤다. 집을 보려는 사람들이 많아서인지 집주인도 그다지 급해 보이지 않았다. 괜히 깎아달라고 했다가는 못 사겠구나 싶었다.

집을 확인하고 내려오는데 중개사님이 저녁에도 이 집을 보러 올 사람이 있다고 알려주었다. 하지만 당장 결정

할 수는 없었다. 일단 집으로 돌아갔다.

식탁에 앉아 계산기를 두들겼다. 내가 모아둔 자금과 방금 보고 온 집의 시세, 그리고 주변 아파트의 최근 거래 건수와 금액을 다시 살펴보았다. 절대 깎아주지 않겠다는 것이 아쉽긴 했지만, 몇 달 뒤면 분명 그 금액 이상으로 값이 오를 것이었다. 집주인은 아직 이 아파트 시세가 꿈틀 꿈틀 상승하려 하는 것을 눈치채지 못한 듯했다.

"중개사님, 가계약금 넣을게요. 계좌 주세요."

바로 가계약금을 송금했다. 하지만 집주인의 마음이 변하면 계약이 취소될 수도 있어 가계약금만으로는 안심할 수 없었다.

"중개사님, 계약서를 일주일 정도 앞당겨서 쓰고 싶은데요. 중도금은 바로 넣어드리겠다고 전해주세요."

악착같이 모아뒀던 돈으로 중도금을 치렀다. 일단 계약서는 썼지만, 대출을 받아 잔금을 치러야 하기에 실감이 나진 않았다. 이제는 집주인이 계약을 철회하고 싶어도 못할 상황이 되었지만, 잔금일을 한 달 정도 앞당기기로 했다. 집을 보러 갔을 때 파악한 바로는 도배, 장판을 새로 하고 들어가야 할 집이라 시간이 좀 필요했다. 은행에 대출을 받으러 가던 날, 회사에 사정을 이야기하고 외출을 허락받았다.

"집을 산다고? 부자네! 이 동네에서 집도 사고. 그런데 제대로 알아보고 사는 거 맞지?"

동료들의 우려 섞인 호들갑에 대출이 절반 이상이라고 말하며 씽긋 웃어넘겼다. 100퍼센트 현금으로 집을 사는 사람이 과연 몇이나 될까? 내가 은행에서 아파트 담보 대출 서류에 도장을 찍던 날, 회사 동료는 대출을 받아 번쩍번쩍한 외제 차를 샀다. 산 지 10년이 훌쩍 넘은 내 차는 잔고장으로 자꾸만 수리비를 내게 됐다. 하지만 내 차가 부끄럽지도, 그들의 외제 차가 부럽지도 않았다. 내가 내년에도 월세를 내며 지금과 똑같이 살고 있을까 봐, 아이들에게 벽에 국물 튄다고 타박하고 있을까 봐 그게 더 두려웠다.

월급보다 훨씬 더 많은 취득세를 내며 잔금을 치렀다.

은행에서 인감도장을 건네주는데 손이 떨렸다.

몇 달 후, 내 이름으로 된 등기필증이 도착했다.

"딸, 이거 봐! 등기필증! 집 문서야. 이 집이 우리 거라
는 뜻이야."
"그럼 이 집에서는 라면 먹을 때 국물 좀 튀겨도 돼?"

아이의 소원은 소박했다.

10년 전 일들이 떠올랐다. 집에서 나가 달라는 전남편
의 말에 사정사정해 겨우 데리고 나온 6살, 8살짜리 어린
딸들, 보험 대출로 겨우 얻었던 달동네 다가구주택, 그 집
을 직접 고치던 고생스러운 나날, 주차할 자리가 없어 아
이를 업고 오르막을 오르던 기억. 그때는 길 건너에 주차
장이 있는 낡은 주공 아파트를 한없이 부러워했다.

이 아파트는 주차할 자리가 차고 넘쳤다. 아이들이 좋
아하는 엘리베이터가 있어 지하 주차장에서 집까지 편하
게 올라올 수 있고, 슬리퍼를 신고 편의점과 마트는 물론
영화관에도 갈 수 있었다.

'여기까지 오는 데 10년이 걸렸구나.'

대출로 잔금을 치른 뒤 인테리어를 계획했다. 열 군데가 넘는 업체에서 견적을 받았다. 퇴근 후, 그리고 주말마다 바쁘게 미팅하며 견적서를 읽고 또 읽었다. 사장님들을 귀찮게 했다.

"계약금을 좀 넉넉하게 드릴게요. 현금가로 좀 깎아주세요."

내가 고개 한 번 숙이면 한 달 부식비를 깎을 수 있는데 마다할 이유가 없었다. 안 된다고 하더라도 머리 한 번 조아리는 게 뭐가 힘든가. 없는 척, 불쌍한 척, 할 수 있는건 전부 했다.

이사 전 입주 청소를 의뢰했다. 10년 전에는 돈이 없어 집 수리조차 내 손으로 직접 했다. 하지만 이번에는 업체에 맡기고 그 시간에 아이들을 데리고 나가 그토록 갖고 싶어하던 공주풍 침대를 샀다. 다 큰아이들이 방방 뛰어 다니며 즐거워했다.

"우리 집이야 우리 집~! 저기 봐! 학교도 바로 앞이야!"

월세 집이 아닌 우리 집이라는 사실에 두 딸은 들떠 있었다. 우리 집으로 이사할 모든 준비가 끝났다.

이사 하루 전, 늘 그랬듯 새벽 4시 즈음 눈이 떠졌다. 옷을 주섬주섬 챙겨입고 아이들이 발로 차낸 이불을 덮어준 뒤 조용히 집을 나섰다. 환기를 시킬 겸 새집에 갔다. 곧 우리의 온기로 가득 찰 집에 들어가 거실 창문과 아이들 방 창문을 활짝 열었다. 일찍 일어난 새들이 지저귀는 소리가 들렸다.

새 싱크대가 들어선 부엌 벽에 가만히 기대어 앉았다. 10년 전 3천만 원짜리 전셋집에서 낡은 경첩 나사를 무뎌진 드라이버로 힘겹게 돌리느라 벌겋게 부어오른 손을 감싸고 싱크대 앞에 앉아 있던 내 모습이 떠올랐다. 8월의 폭염 속에서 시원한 냉면이 생각나도 돈을 아끼느라, 아니 시원함조차 사치인 것 같아 뜨거운 옥수수를 사다가 힘없이 베어 물던 내가 보였다. 유행 지난 그 집 벽지의 패턴이 떠올랐다.

그때나 지금이나 주방 한편에 등을 기대고 앉은 나의

모습은 비슷했지만, 상황은 달랐다. 이제 겁먹은 채 울먹이던 나는 없다. 눈시울이 조용히 뜨거워졌다. 목구멍에 뭔가 걸린 듯 뜨겁고 묵직했다.

'……많이 힘들었지. 아무도 안 보니까 울고 싶으면 울어. 괜찮아, 우리 집이잖아. 내 집이잖아.'

월급만으로
아이들을 키울 수 있을까?

아빠가 젊은 나이에 돌아가신 뒤 남은 자식들과 시어
머니를 책임져야 했던 엄마는 지금껏 해왔던 농사일을 계
속 했지만 그것만으로 생계를 유지할 수는 없었다. 1년
내내 논밭에서 살다시피 해야 할뿐만 아니라 그나마도 가
을이 돼서야 수확할 수 있었다. 정성껏 기른 농작물을 제
값에 판다 해도 시간이 아주 오래 걸리는데 우리에게 들
어가는 학비와 생활비는 매달 끝도 없었다. 그래서 엄마
는 읍내로 나가 식당일, 여관 청소 등을 했다. 얇은 슬리
퍼 하나 신고 식당 일을 했던 엄마의 손발은 항상 거칠었
다. 손만 보면 꼭 남자 손 같았다.

힘들게 고등학교까지 보낸 딸이 유니폼을 입는 사무실에 취직하자 엄마는 무척이나 좋아했다.

"여름엔 에어컨 나오고, 겨울엔 뜨시게 난방되고! 얼마나 좋냐!"

자식들은 당신처럼 추울 때 추운 곳에서, 더울 때 더운 곳에서 일하지 않기를 무엇보다 바라셨다. 추워도 더워도 말하지 못하고, 휴가도 가게 주인 눈치를 살피며 겨우쓸 수 있었지만, 엄마 입장에서는 월급을 생각하면 어떻게든 붙잡아야 하는 직장이었을 것이다.

"정규직 될 때까지만 참으면 안 되겠나……. 니 정규직도 아닌데 그러다가 직장에서 나오게 되면 여자 혼자서저 어린 것들을 무슨 수로 키워낼라꼬. 응?"

남편은 나와 사이가 좋지 않을 때, 우리 엄마에게 당신 딸과 더 이상 살지 않겠다고, 이혼하겠다고 문자했다. 앞으로는 장모라고 부르지도 않겠다고 했다. 그렇게 엄마는 사위의 일방적인 이혼 통보를 받았다. 터질 것처럼 두

근데는 가슴으로 몇 번이나 전화했지만, 받지 않았다고 한다. 더 이상 남편과 함께 살지 못할 것 같다고, 이혼하겠다고 말하는 나에게 엄마는 정규직이 될 때까지만 참아 보라고 했다. 딸이 직장마저 잃으면 손녀들과 함께 나락으로 떨어질지도 모른다는 상상은 혼자서 자식들을 키워 본 경험이 있는 엄마 입장에서는 더욱 끔찍했을 것이다.

결국 별거와 이혼의 수순을 밟았다. 홀로서기 하는 내 입장에서는 안정된 직장이 간절했다. 정규직이 되기 위해 동료들 눈치를 보며 굳이 하지 않아도 될 일까지 찾아서 했다. 나에게는 '여성'이란 단어보다 '직장인'이란 단어가 먼저였다. 부끄러운 것도, 힘든 것도 모르고 직장에서 쫓겨나지 않기 위해 뭐든 했다.

"엄마, 그런데 그 회사에서는 왜 엄마만 일해? 다른 아저씨들이 더 힘세잖아?"

아이들은 커가면서 궁금해했다. 그렇게 삼십 대 시절을 아등바등 애쓰며 보냈다. 호랑이보다 무서웠던 직장 선배들은 하나둘 퇴직을 앞두고 있었다. 마냥 부서 막내 같았던 나도 이제는 선배보다 후배가 더 많은 사무실에서 일하고 있었다. 지금까지 나의 밥줄이었던 직장은 여전히 사표 쓰지 않을 만큼의 돈을 주면서 매일 내 시간을 9시간씩 가져갔다. 그리고 나는 그것이 당연하다고 생각했다.

내 암 보험금 3천만 원을 들여 전세 낀 서울 아파트를 매매한 뒤로 약 4년이 흘렀다. 그 아파트는 서울 변두리 지역에 위치한 작은 아파트였다. 그때만 해도 나는 서울에 있는 아파트를 소유한다는 것의 의미를 몰랐다.

전세를 두 번 돌린 뒤 약 4년이 흘러 부동산 상승세가 찾아왔다. 내가 산 아파트의 시세를 보고 입을 다물 수가 없었다. 출퇴근에 쏟는 시간까지 더하면 하루에 11시간 이상을 꼬박 직장에 바치고 받는 내 연봉의 몇 배를 우습게 넘기는 아파트 시세.

서울 아파트는 매일매일, 내가 자는 동안에도 꾸준히 자신의 몸값을 올렸다. 그리고 투자했던 자금의 열 배가 넘는 차익을 가져다주었다. 말도 안 되는 이 상황을 조금 더 빨리 만났더라면 어땠을까? 부동산 공부를 일찍 시작했더라도 지금처럼 계속 직장에 매여서 전전긍긍했을까? 순수 월급만으로 이만한 수익률을 거두려면 까마득한 시간이 걸릴 터였다.

예전에는 대출을 받으면 큰일 나는 줄 알았다. 나는 평생 서울, 아니 경기도에도 내 집 한 채 못 살 거라고 생각하며 살았다. 직장에서 잘리지 않기 위해 눈치 보고, 시키는 일에나 최선을 다하다가 퇴직금이 나오면 공손하게 받아 나올 내 인생의 후반부를 막연하게 상상했다.

부동산 투자는 나와는 맞지 않는 옷이라고 생각했다. 나에게 투자란 돈 많고 머리 좋은 사람들만의 세계였으니까.

그런데 반신반의하며 우연히 사두었던 아파트가 내 인생에 선물을 주었다. 단순히 금전적인 선물뿐만 아니라 투자에 대한 다른 시각을, 물음표를 선물해주었다.

엄마도 이제
고3처럼 공부할 거야

새벽 일찍 밥을 지어놓고 전날 미리 싸놓았던 배낭을 집어 들었다. 아이들은 아직 곤히 자고 있었다. 오늘도 부동산 임장을 가기로 했다.

정규직이 되면서 월급이 조금씩 올랐지만, 당연한 수순으로 나라에서 가져가는 세금 역시 더 많아졌다. 아무리 아껴 써도 물가가 오르면서 식비가 부족해졌고, 가스비도 무서울 정도로 많이 나왔다. 아이들에게 들어가는 돈은 점점 단위가 커졌다. 그에 비해 월급이 오르는 속도는 더디기만 했다.

전남편에게 다달이 들어오는 아이들 양육비는 처음부

터 계좌를 만들어서 따로 모았다. 부족해도 생활비로는 100원도 쓰지 않았다. 철저하게 학원비, 옷값 등 아이들을 위해서만 썼다. 양육비는 무조건 아이들의 권리니까.

전남편은 큰아이가 대학생이 되자마자 의무가 끝났다는 듯이 바로 양육비를 끊었다. 작은아이 양육비만 입금되었다.

직장인의 삶에 머무를 것이 아니라 재테크 공부를 해야겠다는 생각이 들었다. 홀로 살아갈 나의 노후에도, 사회인으로 성장해나갈 아이들에게도 돈은 반드시 필요했다. 아이들이 대학을 마치자마자 학자금 대출부터 갚아야 하는 처지에 놓이는 것이 싫었다.

그리고 내게도 소원이 있었다. 살기 위해 20년 넘게 붙들고 있었던 애증의 직장생활로부터 자유로워지고 싶었다. 이혼녀라고 뒤에서 내 이야기를 하는 직장 사람들에게서 멀어지고 싶었다. 매일 긴장감에 파묻혀 피곤했던 나의 심신을 이제는 좀 쉬게 해주고 싶었고, 나이를 더 먹기 전에 '싫지만 월급 때문에 해야 하는 일' 말고 '내가 좋아서 하는 일'을 하고 싶었다. 인파로 붐비는 출근길 반대편에서 여유롭게 조깅하고, 좋아하는 카페에서 커피 마시며 책을 읽고, 글을 쓰고, 내가 좋아하는 사람들을 내가 원하는 시간에 만나고 싶었다.

이 모든 것이 가능하려면 경제적인 여유가 필요했다. 지금까지 그랬던 것처럼 모으기만 하며 소극적으로 살면 앞으로도 딱 지금처럼 살 수밖에 없다는 결론이 나왔다. 그러던 중 전에 사둔 서울 아파트가 적잖은 차익을 실현하면서 적금이 아닌 투자야말로 내 꿈에 다가가게 해줄 길임을 확신하게 됐다.

'어떤 것에 투자해야 할까?'

동료들이 하는 코인, 주식, 각종 복권……. 나는 그들이 하는 말을 알아들을 수 없었다. 그리고 그들이 투자금으로 굴린다는 '없는 셈 치는 돈'이라는 것이 나에게는 없었다. 힘들게 벌었는데 왜 없어도 되는 돈인가.

경매 강의를 잠깐 듣긴 했지만, 그걸로는 부족하다는 생각이 들었다. 돈을 굴리기 위해 돈 버는 방법을 배워야 했다. 계좌를 하나 더 만들어서 천만 원을 넣었다. 그리고 통장에 '부자되는 지출'이라고 이름을 붙였다. 이 통장에 있는 돈으로 부자되는 공부를 하기로 했다. 투자를 위해 배우는 데에는 돈을 아끼지 않기로 했다. 천만 원 한도 내에서 말이다.

부동산 공부 커뮤니티에 들어가 같은 목표를 바라보는 사람들과 함께 공부하고 온라인 모임을 가졌다. 블로그 강의도 신청해 가르쳐주는 대로 실행했다. 유튜브 개설, 스마트 스토어 등, 노동소득 이외에 소득을 만들 수 있는 것이라면 비용을 들여서라도 뭐든 배웠다. 당장은 수익을 창출할 수 없어도 배워서 알고 있는 것과 아예 모르는 것에는 차이가 있다. 직장생활이 전부인 줄로만 알고 살았는데 내가 모르는 커다란 세계가 있었다.

환경을 바꿔야 했다. 조금씩 주변 사람들을 바꾸기 시작했다. 회사에서는 할 수 없는 이야기와 질문을 재테크 커뮤니티 안에서는 자유롭게 할 수 있었고, 서로 비전을 나눌 수도 있었다. '누가 이혼한다더라', '누구는 ○차장 라인이라더라', '누구는 ○부장한테 찍혀서 좌천됐다더라' 이런 대화를 하는 사람들과 조금씩 거리를 두려고 했다. 내 인생에 아무런 도움될 것 없는 대화였다. 동료들과의 관계를 위해 억지로 참석했던 회식 자리를 조금씩 거절하기 시작했다. 대신 그 시간에 책을 읽었다. 회식 자리에서 술 안주로 올라오는 시덥잖은 이야기 말고 미래에 대해 이야기하고 싶었다. 부정적이고 회의적인 남 욕 말고, 어떻게 하면 작년보다 성장할 수 있을지, 어떤 책이 왜 좋았는지, 어떤 재테크 강의가 좋았는지 그런 대화를 하고 싶었다.

연차는 여행이나 휴식이 아닌 부동산 임장에 사용했다. 휴일이면 최소한의 집안일을 해놓고 스터디 카페에 가서 자리를 잡았다. 작은아이가 내년이면 고3이 되니 나도 고3이라는 마음으로 함께 공부하기로 다짐했다.

"엄마는 왜 다른 아줌마들처럼 드라마 안 봐?"

나 역시 TV 보는 것, 영화 보는 것을 좋아했다. 종일 앉아 있어도 다 못 볼 만큼 재미있는 것들이 그 안에 있다는 것을 안다. 때문에 TV 근처에도 가지 않으려 노력했다. 잠깐 즐거울지는 몰라도 그 재미가 내 미래와 노후를 보장해주진 않는다는 것을 알기 때문이었다. 나는 아직 해야 할 일이 많다. 리모컨을 쥐고 종일 앉아 있어도 될 만큼 걱정 없는 날은 아직 오지 않았다.

서투른
부동산 공부

본격적으로 부동산 온라인 강의를 듣기 시작했다. 강의를 통해 부동산 시세를 알려면 직접 현장을 걸어봐야 한다고 배웠다. 그것을 임장이라고 했다.

'어디를 얼마나 걸어봐야 안다는 것일까?'

오래 걷는 것에는 자신 있었다. 나는 아는 것이 없으니 체력이라도 열심히 써야 한다는 생각이었다. 재테크 카페에서 눈동냥, 귀동냥을 하고 무작정 휴가를 내서 출발했다. 잘 모르니까 무조건 걸으면서 생각하기로 했다. 지역은 정했지만, 그곳에서 어떤 곳을 중점적으로 볼 것인지, 어떤 호재를 확인할 것인지 등의 사전 준비는 전무했다. 내 손에는 휴대폰과 어설프게 만들어서 출력한 지도 한 장만이 들려 있었다.

한 번도 가본 적 없던 지역을 하루 만에 다 둘러볼 수는 없었다. 아이들 먹을 것을 챙겨 놓고 1박 2일로 임장을 갈 때도 있었다. 교통비가 만만치 않았기에 점심은 최대한 간단하게 빵과 에너지바, 또는 김밥과 라면으로 때웠다. 아침부터 급한 걸음으로 걷다 보면 오후쯤에는 무릎이 시큰거렸다. 제발 목표 지점까지만 갈 수 있도록 조금만 참아달라고 스스로를 다독였다.

늦은 밤이 되어서야 아픈 다리를 이끌고 찜질방에 찾아갔다. 편안하고 조용한 숙소는 아직 사치라고 생각했다. 그런 숙소는 찜질방보다 몇 배나 비쌌다.

온탕에 몸을 담글 시간도 없이 샤워만 간단하게 하고 집에서 챙겨간 파스를 어깨와 종아리에 덕지덕지 붙였다. 그리고는 찜질방 구석에 쓰러지듯 누웠다. 아픈 다리보다 여전히 아무것도 보이지 않는 현실이 더 아프게 느껴졌다.

임장을 가느라 쓴 왕복 비행기 값이 아까워서 3일 휴가를 내고 임장을 다니기도 했다. 당연하게도 무릎이 점점 아파왔다. 통증을 좀 줄일 수 있을까 싶어 무릎에 테이핑을 했는데 그게 잘못되었는지 뗄 때 살갗이 함께 뜯겨 나갔다. 진물과 피가 양쪽 다리를 타고 흘렀다. 이쯤 되니 붙어 터진 발가락에 잡힌 크고 작은 물집은 아픈 축에도 들지 못했다.

추운 날도 걷고, 더운 날도 걸었다. 더운 날엔 걷고 또 걷다가 횡단보도 앞에서 노인처럼 엉거주춤 주저앉았다. 허리가 빠질 것 같았다. 발바닥이 녹아서 없어지는 것 같았다. 하루에 4만 보 이상, 30킬로미터씩 걸었다.

낯선 동네를 돌아다니다 보니 지도 애플리케이션을 들여다보지 않을 수가 없는데, 겨울이면 휴대폰을 들고 있는 손이 꽁꽁 얼었다. 시간이 흐를수록 손끝이 아려왔다. 하루에 한 개씩만 쓰기로 한 핫팩은 금방 식어버렸다.

아파트 단지를 돌다 보면 우리 아이들과 또래인 학생들을 많이 보게 됐다. 엄마와 손잡고 떡볶이 가게로 들어가는 아이, 아빠랑 배드민턴을 치는 아이가 보였다. 그런 모습을 볼 때마다 주말과 휴가 기간 대부분 집을 비우고 아이들을 혼자 뒀지만, 어떤 성과도 얻지 못한 내 모습에 속상해졌다.

'……내가 지금 잘하고 있는 걸까? 이 길에 끝이 있긴 할까?'

분명 현장에 가보면 안다고 했는데 나는 아무리 걸어도 깨닫는 것이 없었다. 많이 가보면 그만큼 보인다고 했는데……. 울고 싶었다.

걸을수록 스스로를 의심하는 횟수도 많아졌다. 낯선 지역, 낯선 아파트 단지 놀이터 구석에 잠시 앉아 아픈 다리를 주물렀다. 아무리 걸어도, 책을 많이 읽어도 모르겠다는 생각에 괴로웠다. 하지만 지금 멈춘다면 그다음에는 뭐가 있을까? 불분명했다. 그러니 멈출 수 없었다. 확실한 것은 나아지려고 노력하지 않는다면 내년에도 지금과 똑같이 살고 있을 거란 사실이었다. 월급쟁이에서 멈추고 싶지 않았다. 아이들이 경제적인 지원을 필요로 할 때 망설이지 않는 엄마가 되어야 한다는 생각에 간절했다.

달동네 세입자,
다주택자 되다

하루 대부분의 시간을 보내는 직장에는 같은 생각을 나눌 사람이 없었다. 영양가 없는 대화만 오갔다. 퇴근하는 차 안에서 간단하게 저녁을 먹고 스터디 카페로 들어가 매일 4시간씩 공부했다. 어떤 날은 공부하다가 자정을 넘기기도 했다. 시간이 늘 부족했다.

임장했던 곳의 아파트 시세를 정리하고, 보고서를 작성하고, 책을 읽었다. 늦은 밤, 가로등이 드문드문 켜진 적막한 도로를 달려 집으로 왔다. 엄마가 일찍 오지 않는다는 걸 아는 아이들은 이미 잠들어 있었다. 아이들이 이런 엄마를 이해해줄 수 있을까······.

아이들이 어렸을 때는 직장에서 쫓겨나지 않고 어떻게든 살아남는 데 절박해서 아이들 마음을 찬찬히 들여다볼 여유가 없었다. 거기에 더해 내 자존심 때문에 아이들에게 우리 가정의 사정에 대해 제대로 설명하지도 못했다. 그런데 지금은 퇴근 후에도 공부 때문에 집에 일찍 들어오지 않는 엄마라니. 여유롭게 웃으며 아이들을 돌볼 시간, 내겐 언제 그런 시간이 생길까. 아이들이 이렇게 느린 엄마를 기다려주지 않고 쑥쑥 커버릴 것 같아 조바심이 났다.

처음 자리를 잡았던 달동네는 재개발을 앞둔 지역이었다. 일대가 천지개벽한다는 재개발, 그땐 그것이 뭔지도 몰랐다. 부동산 공부를 시작하면서 그 동네에 다시 가보았다. 막 6살이 된 아이를 업고 종종걸음으로 오르던 골목길은 큰 도로와 멋있게 지은 아파트 단지 진입로로 바뀌어 있었다. 내가 살던 곳이 맞나 싶을 정도였다. 난 이제 겨우 대출을 받아 아파트 한 채를 샀을 뿐인데, 나 빼고 모든 사람이 돈 버는 방법을 알고 있는 듯했다.

아파트를 처음 사본 뒤, 그 값이 점점 오르는 것을 보며 지방으로 눈을 돌렸다. 지방에 투자해 적금보다 조금 빠르게 종잣돈을 모으고, 광역시와 경기도권 아파트로 자산을 바꿔야겠다는 생각이 들었다. 그리고 마지막에는 서울에 입성하고 싶었다.

'세대수가 많을 것. 주변에 상권이 있을 것. 1층과 맨 위층이 아닐 것.'

내 집을 마련한 경험을 바탕으로 서투르게나마 단지와 층수를 선택했다. 매매가와 전세가 차이가 크지 않은 지방 아파트를 샀다. 장판과 벽지를 새로 하고 발품을 팔아 오래된 식탁 조명과 현관 등을 바꿔 달았다. 새 벽지와 환한 조명만으로도 분위기가 달라졌다.

전세를 내놓은 지 얼마 되지 않아 신혼부부가 전세를 들어왔다. 1,900만 원으로 아파트 한 채의 등기가 생겼다.

얼마 후 경기도와 가까운 지역에 아파트를 하나 더 샀다. 무더운 여름, 땀흘리며 임장을 다녔던 동네였다. 이미 전세로 사람이 살고 있는 집이라 매매가와 차익만 주고 집주인이 되었다.

타고 다니는 차가 낡아도 괜찮았다. 홈쇼핑에서 싸게

구매한 옷을 내내 입고 다녀도 아무렇지 않았다. 아이들이 입다가 작아져 내놓은 옷을 집에서 입기도 했다. 그래도 나는 아파트를 2채나 가진 다주택자였다.

부동산에
우리 집을 내놓았다

"엄마, 학교 근처로 이사 가면 안 돼? 너무 멀어! 3년 동안 버스 타고 통학해야 하는 거야?"

아이가 불평을 했다. 중학생일 땐 집 근처 학교에 다녔는데 고등학교에 올라가니 거리가 멀어져 매일 아침저녁으로 통학하기에는 무리인 듯했다. 그리고 나도 때마침 담보 대출을 받아 살고 있는 우리 집이 사실은 큰 부채 덩어리라는 것을 재테크 공부를 통해 깨달은 참이었다.

사람들이 흔히 생각하듯 나 역시 우리 집은 내 자산이라고 생각했다. 차도 내 자산이라고 생각했다. 집값이 오르면 자산도 오르는 것이고, 차도 팔 때 중고가를 건질 수 있으니 자산이라고 생각했다. 하지만 내가 읽은 대부분의 경제, 재테크 서적에서 말하는 자산에 대한 정의는 달랐다. 내 주머니에서 돈이 빠져나가면 부채, 내 주머니에 돈을 넣어주면 그때 비로소 자산이라고 했다.

등기필증에 내 이름이 적힌 내 집이었지만 집값의 70퍼센트가 넘는 돈을 은행에서 빌렸고, 그 이유로 매달 100만 원에 달하는 원금과 이자를 꼬박꼬박 은행에 바치고 있었다. 거기에 관리비까지 하면 매달 120만 원씩 월세를 내고 사는 것이나 다름없었다.

물론 '우리 집'이 있다는 안정감은 무엇과도 비교할 수 없었다. 아이들과 나는 인테리어 공사까지 해서 들어온 우리 집을 구석구석을 깨끗하게 사용하며 정을 붙였다. 평생을 살아도 누가 나가라고 하지 못할 우리 집이었다.

'담보 대출을 다 갚을 수는 없는데……. 언제까지 이렇게 대출 이자와 원금을 내며 살아야 할까?'

내 집이라는 안락함과 월급의 상당 부분을 은행에 꼬박꼬박 내야 하는 현실, 이 두 가지를 놓고 고민했다. 이

집에서 대출을 갚으며 오래 사는 것이 정답일까? 부동산 애플리케이션을 켜 우리 집과 주변 아파트 시세를 확인해 보았다. 그새 집값이 올라 있었다.

부동산 사장님에게 임대를 놓을 수 있는 가격을 물어보았다. 지금 이 집을 팔아도 손해는 아니었다. 오른 집값으로 대출과 인테리어 비용까지 상쇄하고도 남았다. 하지만 팔기는 싫었다.

우리가 사는 곳은 대단지 아파트였고 일명 '초품아(초등학교를 품은 아파트 단지)'였다. 아파트가 많지 않은 이 지역에서 아이를 키우는 부모라면 누구나 들어와 살고 싶을 집이었다. 이 조건은 내가 집을 살 때도 고려했던 사항이었다. 퇴직 후에도 이 집에서 계속 살고 싶다고 생각하곤 했다.

"사모님 댁은 리모델링이 되어 있어서 가격을 더 높여서 내놓아도 될 것 같아요. 같은 아파트 다른 매물들은 리모델링이 안 되어 있었거든요. 이 가격에도 충분히 나갈 거예요."

부동산 사장님은 깔끔하게 인테리어된 우리 집을 칭찬했다. 어깨가 으쓱했다. 현관 도어록도, 식탁을 환하게 밝히는 전등도 아이들이 고민해서 결정했고, 타일과 벽지, 자잘한 인테리어 소품도 직접 골랐다. '우리 집'이었으므로 수전과 문 손잡이까지 공을 들였다. 하나하나 우리 모녀의 마음이 담긴 집이었다.

하지만 이 집을 전세 주고, 우리는 아이 학교 근처에서 다시 월세를 살기로 했다. 전세금이 들어오면 담보 대출을 갚고, 아파트 매매에 들어간 현금을 되찾아 내가 공부한 분야에 조금씩 투자하는 게 맞다는 생각이 들었다.

그렇게 우리 집을 부동산에 내놓았다. 아이들의 미소가 깃든 우리 집을.

또다시 남의 집살이⑴를 하게 되었지만, 예전처럼 불안하진 않았다. 나는 내 집이 있고, 그것을 전세 주고 나왔다는 든든함이 있었다. 언젠가 그 집에 다시 들어가 살길 원할 때면 언제든 돌아갈 수 있다고 생각하니 서럽지도, 힘들지도 않았다.

"엄마, 그거 알아? 이번 주가 우리 집에서 보내는 마지막 주말이야."

이사 날짜가 정해지자 아이들은 우리 집에서 지낼 날을 하루하루 세었다. 모두 좋아했던 이곳을 떠난다는 섭섭함과 학교와 가까운 시내에 산다는 기대가 뒤섞여 있었다.

이삿날이 다가왔다. 가구가 모두 빠진 집은 한층 더 넓어 보였다. 아이들과 두런두런 이야기를 나누던 부엌에 앉아도 보고, 새벽에 운동을 나가면서 고양이 세수로 잠을 깨우던 작은 화장실에 들어가 거울을 보기도 했다. 괜히 세면대 물도 틀어보았다. 신발장에서는 더 이상 우리 냄새가 나지 않았고, 짐이 많아 요리조리 피해 걷던 베란다도 더없이 넓어 보였다. 내 몸과 짐은 이미 이 집에서 이사를 나갔는데 마음은 여전히 여기에 머무는 듯했다.

전세 계약 잔금이 들어오던 날, 나는 은행에 미리 가서 앉아 있었다. 세입자로부터 잔금을 입금했다는 전화를 받은 뒤, 창구로 다가가 통장과 신분증을 내밀며 말했다.

"이 통장에 있는 돈으로 대출금을 상환하려고 합니다. ……전부 다요."

그동안 내 발목을 묵직하게 붙잡고 있던 대출금액이 0원이 되었다.

살아보겠다고 애들까지 데리고 나왔는데 가진 재산이라고는 보험 해지 환급금뿐이던 옛날이 떠올랐다. 체크카드 잔액 걱정 없이 아이들에게 맛있는 것을 사주는 것이 소원이던 그때가 생각났다. 약국에서 비타민 사탕을 집어 든 딸에게 "그거 집에 있어"라고 거짓말을 하면 엄마가 거짓말하는 걸 알면서도 떼쓰지 않고, 울지도 않고 만지작거리던 비타민을 부끄러운 듯 조용히 내려놓던 딸. 그때가 떠올랐다.

이젠 내 명의로 된 아파트가 하나둘 늘어나고 있었다. 곧 성인이 되는 아이들에게 내가 해줄 수 있는 것은 둥지를 떠날 때 최소한의 경제적인 발판을 마련해주는 것, 그리고 노후에 기대지 않는 엄마가 되는 것.

아이들을 데리고 일곱 번째 이사를 했다. 서럽지도, 막막하지도, 무섭지도 않았다.

이혼 후
10년

결혼생활을 끝내기로 하고 아이들을 데리고 나왔던 그때 나는 32살이었다. 그로부터 12년이 흘렀다. 참 무더웠던 열두 번의 여름과 명치까지 시렸던 열두 번의 겨울. 부족한 엄마가 꾸린 보잘것없는 둥지에서 자란 병아리 같은 아이들이 어느새 어른이 될 준비를 하고 있다. 그때 엄마로서의 나는 10년 뒤는커녕 바로 다음 해도 상상할 수 없을 만큼 막막한 시간을 보냈다.

지금 다시 하라면 못한다고 하는 게 맞겠지만, 아이들의 작은 손이 또다시 내 손에 놓인다면 기꺼이 그 시절에 맞설 자신이 있다. 다만 어느 글에서처럼 지금 알고 있는 것을 그때도 알았다면 나를 토닥이며 숨 좀 고르라고, 멀리 보라고, 넌 잘할 거라고 토닥여주지 않았을까.

남편 없이 2~3년에 한 번꼴로 이사를 다니며 낯선 환경에 적응하고 짐을 정리하며 몸살을 앓는 것보다 '혼자 아이를 키우는 여자인 게 티가 날까', '우리 아이들이 아빠 없는 아이들로 보이진 않을까' 하는 극도의 염려가 내 마음을 더 상하게 했다.

아이들이 어렸을 때, 큰맘 먹고 갈빗집에서 외식을 했다. 태우지 않고 한 점이라도 더 먹이려고 정신없이 고기를 구워 아이들 접시에 놓아주는데 건너편 테이블에 앉아 있던 남자 손님이 우리를 뚫어져라 쳐다보고 있었다. 술에 얼근하게 취한 듯한 남자의 다소 끈적한 시선을 애써 무시하며 아이들에게 말을 걸었다. 그 사람은 우리가 한부모 가정인지, 내가 남편 없이 사는 여자인지 알았을까? 아마 몰랐을 것이다. 하지만 '남편이 있었다면 저 사람이 우릴 그렇게 뚫어져라 쳐다볼 수 있었을까?'라는 자격지심은 나를 힘들게 했다. 내 이마에 이혼녀라고 글씨가 쓰여 있는 것도 아닌데 혼자 별생각을 다 했다.

손아귀가 아프도록 집게를 잡으며 고기를 굽는데, 불

현듯 무섭고 서러웠다. 아무도 그렇게 말하지 않는데 내
귀에는 들리는 듯했다.

'저 여자 혼자 아이 키우나 봐.'
'저 집엔 남편이 없나 봐.'

난 왜 그런 생각에 사로잡혀 있었을까? 왜 매사를 불안
에 떨며 보냈을까?

이제는 세상이 많이 바뀌었다고 한다. 이혼 가정, 편부
모 조부모 가정, 다문화 가정에 대한 사회적 인식이 많이
바뀌었고, 이제는 아무렇지도 않다고 한다. 과연 그럴까?
나는 그런 인식을 온전히 받아들일 수 있을 만큼 편안해
졌을까?

"남편분과 상의해보시고 연락주세요 사모님."

여전히 나는 사모님, 즉 남편이 있는 사람으로 정의되
고 있다. 아무리 세상이 바뀌었다지만 "남편 없는데요?
저 이혼했는데요?"라고 굳이 알리지 않아도 될 내 개인정
보까지 친절하게 말해줘야 할까.

소송을 불사했던 이혼 과정과 지금까지의 생활을 돌이켜보면 난 여전히 그때의 결정이 옳았다고 확신한다. 삶의 만족도도 높다. 하지만 여전히 대한민국에서 이혼가정은 약간 다른 존재임을 느낀다.

십여 년 전 달동네에서 아랫집 아저씨와의 싸움을 피한 것도, 쓰레기 더미를 뒤져 남자 구두를 문 앞에 둔 것도, 비싼 가전제품을 사거나 부동산 거래를 할 때 남편과 상의해보겠다는 말로 상황을 모면한 것도 어쩌면 나도 모르게 내 처지를 위장하고 내 마음을 편하게 하기 위함이었다는 생각이 든다. 그때나 지금이나 남편과 상의해보겠다는 말은 곤란한 상황을 보기 좋게 마무리하기에 적절한 멘트다. 초면에 아무렇지 않게 묻는 "남편은 뭐하는 분이세요?"라는 질문이나 이혼했다던데 사실이냐고 묻는 직장 동료의 무례함을 그때그때 지적하지 못하는 걸 보면 여전히 나는 가면을 벗기가 두려운가 보다. 이혼이 내게 플러스 요소가 되지 않는다는 걸 상대방의 표정만 봐도 알기 때문이다.

이혼 후, 친구 부부와 동석하는 것이 불편할 때가 많아졌다. 그들 앞에서 내가 하고 있지 않은, 하지 못한 결혼생활의 행복을 빌어주는 것도, 그렇다고 기분을 맞춰주고자 남편 흉을 보는 친구의 농담을 거들기에도 어색하다.

나는 견디는 힘이 약한 사람인 걸까? 그래서 남들은 잘 참는 결혼생활을 더 버티지 못하고 놓아버린 걸까?

상관없다.

이혼이 정답은 아니지만, 이혼녀로 살아보니 보인다. 내 삶에서 진정 소중한 것이 무엇인지, 내가 어떤 사람인지, 그리고 이 다음에 내가 할 일이 무엇인지. 이젠 제법 단단해진 내가 보인다.

엄마의
퇴직

직장에서 점심을 먹고 눈 좀 붙이려던 순간 핸드폰이
울렸다. 엄마였다.

"느그 언니한테 소식 못 들었나?"

"무슨 소식?"

"아, 못 들었구나."

엄마는 치매 환자와 알코올 중독 환자를 돌보는 시골
요양병원에서 일했다. 교대근무를 했지만, 야간근무가
끝나면 잠을 자는 게 아니라 장화를 신고 논으로, 밭으로 향했다. 엄마는 직장인인 동시에 농부였다.

엄마는 쥐꼬리만 한 돈이라도 매달 현금이 필요했다. 새벽에는 쌀농사, 밭농사를 했고, 낮에는 직장생활을 했다. 정육식당 찬모, 군청 구내식당 찬모, 여관 청소, 또 식당 주방 보조, 그리고 간병사. 엄마는 일을 바꿔가며 가리지 않고 돈을 벌었다. 한 달에 휴일이 하루뿐인 식당 일을 10년 가까이 견뎌냈다. 그 뒤에 들어간 곳이 요양병원이었다. 엄마는 그곳에서 18년 동안 일했다.

"어제 야근하고 퇴근하려는데 병원장님이 날 좀 보자고 하더라."

엄마는 그때 직감했다. 병원장님이 왜 당신을 부르는지, 왜 병원장실에 잠깐 들어오라고 하는지.

오랜 시간 같이 일했던 병원장님은 몇 년 전부터 절뚝거리던 엄마의 한쪽 무릎이 마음에 걸렸던 모양이다. 그동안 병원에서 한솥밥을 먹으며 정이 들었고, 간병 일에도 능숙한 직원이지만, 고령 직원이었다. 평소 유쾌하던 말투와는 달리 어렵사리 퇴직이라는 단어를 꺼내는 백발의 원장님을 바라보며 엄마는 말했다.

"원장님, 무슨 말씀인지 잘 알겠십니다. 생각해보니 제가 이 병원에서 월급 받고 지내온 지도 벌써 18년이 다 되어갑니다. 그동안 이 병원 덕분에, 또 원장님 덕분에 여기서 월급 받아가 빚도 다 갚았고, 애들 학교도 싹 졸업 시켰십니다. 참말로 감사합니다."

엄마가 더 이상 소독약 냄새나는 병원에서 일하지 않아도 되고, 치매 환자들에게 욕설을 듣지 않아도 되고, 남의 오물을 치우지 않아도 된다는 점은 마음에 들었다. 엄마가 더 이상 고생하지 않는 것, 그게 바로 내가 바라던 것이었다.

"이제 일터에서도 나오지 마라 하고……. 나도 이제 다 됐다. 하하하."

직장에서 그만 나올 것을 통보받은 우리 엄마는 일흔을 훌쩍 넘긴 할머니가 되어 있었다. 전화를 끊은 뒤 자세를 다시 고쳐 앉고 목베개도 서랍에 도로 집어넣었다. 잠이 싹 달아났다.

'엄마가 다 됐다고? 뭐가 다 됐는데? 우리 엄마 아직 힘센데. 우리 엄마는 세상에서 제일 기운 센 여잔데!'

괜히 엄마 목소리가 더 이상 들리지 않는 휴대폰을 노려보았다. 원장님 방에서 나와 직원 주차장 한 귀퉁이에 놓인 낡은 오토바이에 힘없이 시동을 걸었을 모습이 눈에 선했다. 어쩌면 병원 사물함에 놓인 짐을 언제 뺄지 고민했을 수도 있다. 아니면 월급 덕분에 계속 붓던 적금을 어떻게 할지 고민했을지도 모른다.

홀로 힘들었던 그 시간에서 벗어나 이제는 좀 쉬라는데, 엄마는 왜 서운해하실까. 무릎이 아파 더 이상 계단을 오르내리지도 못하면서. 그런 엄마를 보면서 나는 왜 마냥 기쁜 것이 아니라 심통이 날까.

엄마는 자식들 성적에 관심을 가진 적은 없지만, 상을 타오면 늘 엄청난 칭찬을 해주셨다. 상을 받은 날이면 학교에서 한달음에 달려와 엄마가 퇴근하는 시간까지 기다렸다. 지친 표정으로 집에 돌아온 엄마가 투박한 손으로 상장을 붙잡고 읽는 걸 볼 때면 나도 모르게 어깨가 들썩이고 광대가 씰룩였다.

"뭐, 이런 거는 웬만하면 다 받는다 아이가. 대단한 것도 아니다!"

무심한 척 내뱉으며 곁눈질로 엄마 표정을 훔쳐볼 때, 정말 행복했다. 출석만 잘하면, 그림을 조금만 공들여 그리면 어김없이 받을 수 있었던 상장. 바빠서 죽을 시간도 없다는 엄마를 웃게 하는 유일한 내 재주였다.

엄마가 그렇게 좋아했던 상장을 이제는 엄마에게 주고 싶었다. 생계를 위해 쉬지도 못하고 일했던 지난날들을 모두 보상해줄 수는 없겠지만, 엄마가 혼자서 얼마나 힘들었는지 알고 있다고, 우리가 모두 기억한다고, 감사하고 사랑한다고 말하고 싶었다.

상장에 적을 문구를 오래 고민했다. 엄마의 고단한 세월에 비하면 너무나 초라할 그 몇 줄을 생각해내는 데에는 시간이 많이 걸렸다. 어떤 문장으로도 그 고생을 완벽하게 담을 수가 없었다.

상장을 가방 깊숙한 곳에 소중하게 챙겼다. 휴가를 내고 아이들과 고향으로 내려갔다. 화원에 들러 화분을 사고 '축 퇴직'이라는 리본도 달았다. 거창한 퇴임식은 아니지만 엄마를 축하해주고 싶었다.

저녁이 되어서야 엄마 집에 도착했다. 엄마가 차려준 저녁을 배부르게 먹고 가방에서 상장과 기념패를 꺼내왔다. 아이들이 기념패를 큰소리로 읽었고 상장과 함께 드렸다. 내가 읽고 싶었지만, 엄마 앞에서 떨지 않고 태연하게 읽을 자신이 없었다. 엄마는 긴장된 표정으로 자신의 상장을 펴서 다시 한번 읽으셨다. 상장을 들고 읽으시는 모습은 예전과 같은데 어느새 이렇게 늙어 있었다. 더듬더듬 자신의 공적을 읽어 내려가는 엄마를, 어느새 작아진 노인을 나는 물끄러미 바라보았다.

저 작은 몸과 투박한 손. 그동안 얼마나 고되었을까. 젊은 새댁이었던 엄마에게 무슨 일이 있었던 걸까. 이렇게 작은 체구로 얼마나 이를 악물고 버텨온 걸까. 대체 엄마의 깡다구는 끝이 어디일까.

"……고맙다."

엄마는 이 말만 반복했다. 고맙다, 고맙다.

이제 좀 먹고 살 만하다고 이런 걸로 생색내려는 딸이 아니라 엄마 자신에게 고마워했으면 했다. 만만치 않았던 그간의 세월, 닦아주는 이 없었던 서러운 눈물, 끝이 보이지 않았을 고단했던 노동, 아빠가 남긴 빚과 남은 가족들. 당신 스스로에게 지금까지 정말 애썼노라고 대단하다고 정말 수고했다고 하셨으면 좋겠다.

자식들을 키우며 그 빚을 다 갚고 노령연금에 월급을 더 보태 적금까지 하는 엄마. 통장엔 나보다 현금이 많은 부자인데도 상장과 함께 드린 돈을 부담스러워하셨다. 너무 큰 돈이라 하셨다.

"이 돈, 다른 누구한테 쓰지 말고 꼭 엄마가 하고 싶었던 것에 쓰세요."

고향에서 올라오는 길, 엄마는 손녀들과 다 큰 딸에게 용돈을 챙겨주셨다. 잠시 엄마에게 갔을 뿐 결국 다시 나에게 돌아오는 엄마 돈, 엄마 마음.

엄마, 이제는 아침에 늦잠도 좀 자고, 출근하느라 매일 해야 했던 귀찮은 화장도 하지 마세요. 시간에 쫓겨 한밤중에 더듬더듬 밭고랑 매지 마시고, 뜨거운 낮에는 파자마 입고 낮잠도 좀 주무세요. 멀리 살아 보고팠던 딸들 집에도 놀러 오시고, 비계 섞인 고기 말고 맛있고 비싼 부위로 사드세요.

엄마 젊을 땐 너무 바빠서 죽을 시간도 없다고 하셨죠. 그 말에 내심 안심하곤 했어요. 이제 직장에 안 나가시니 시간이 좀 남겠지만, 다른 건 몰라도 죽을 시간은 앞으로도 계속 없어야 해요.

나 먹으라고 고등어 안 구워주셔도 돼요. 손녀들 용돈 안 주셔도 되고, 옥수수, 콩, 쌀 안 보내주셔도 돼요. 그런 건 다 괜찮으니까, 이거 하나만 약속해주세요. 죽을 시간은 없다는 말, 그 말만큼은 오래오래 지키겠다고.

엄마 이제 조금
쉬어도 될까?

새벽 3시 58분, 익숙한 알람이 울렸다. 실눈을 뜬 채 휴대폰 화면을 한쪽으로 밀어 알람을 껐다. 덩그러니 몸을 누인 내 방이 다시 고요해졌다. 몇 분간 고민하다 이내 몸을 일으켰다. 양치를 하고 아직 무거운 눈에 물을 묻히고 거울을 봤다.

'잘했어. 어서 운동복 입고 나가자.'

어제 새벽에 널어둔 푸석한 운동복을 집어 들었다. 발등을 넣기 힘들 정도로 꽉 조여진 운동화에 발을 욱여넣었다. 쉬지 않고 뛰려면 이 정도로 꽉 매야 한다.

찬 공기가 목덜미를 훑고 지나간다. 운동화를 신고 마주하는 새벽 4시 20분은 여름에도, 겨울에도 무척 깜깜하다. 타임스위치를 맞추느라 몇 걸음 걸으면서 이어폰을 귀에 더 바짝 밀착시킨다. 정신없이 빠른 템포의 음악을 튼다. 빠른 음악이라야 새벽의 그 거인 같은 어둠이 무섭지 않기 때문이다. 무서움을 음악으로 애써 누르면서 달리기 시작한다. 미처 잠에서 깨지 못한 발바닥과 무릎이, 그리고 찬바람을 마주하는 내 얼굴이 차가운 새벽 공기에 뒤늦게 깨어난다. 한 시간 가량 동네를 정신없이 뛴다.

온몸이 땀에 젖은 채 집에 돌아오면 5시 30분. 씻고 아침밥을 간단하게 차린 뒤 아이들을 깨우고 출근 준비를 한다. 도시락 가방을 들고 집을 나서며 문 앞에 놓인 신문을 집어 든다. 점심시간에 조는 대신 꼼꼼하게 읽어야 한다. 매일 하는 숙제다.

일하다가 시간을 내 어제 메모해둔 책을 주문한다. 주말에 들을 온라인 강의도 결제한다.

퇴근 후 저녁 설거지가 끝나자마자 책상에 앉는다. 낮에 바빠서 읽지 못한 책을 펼치고 온라인 강의를 틀어둔다. 이내 졸음이 쏟아진다. 새벽부터 시작된 일과에서 쌓인 피로가 조금씩 내 눈꺼풀을 끌어내린다.

"엄마! 침대에서 자. 불 꺼줄게."
"아냐 아냐, 엄마 안 자. 잠깐 졸았어."

화들짝 놀란 나는 자세를 고쳐 앉는다. 이런 내가 한심하게 느껴진다. 더 정신 차려서 공부해도 모자랄 판에 잠들다니. 바보 같다. 오늘은 신문도 헤드라인만 대충 읽은 것이 생각났다. 경제의 '경'자도 이해 못 하면서 그렇게 대충 읽다니. 바보 같은 나 자신에게 화가 난다.

주말에도 똑같이 새벽 운동을 하고 아침 7시부터 문을 여는 카페에 가서 1등으로 자리를 잡는다. 아이들이 느지막이 깨는 정오, 때로는 저녁까지 카페 구석에서 못다 읽은 책을 읽고, 부동산 공부를 하고, 온라인 강의를 듣는다. 화장실 갈 때를 제외하고는 자리에서 일어나지 않는다. 마음속으로 늘 주문을 외운다.

'나는 빠듯한 월급쟁이로만 살진 않을 거야. 아이들이 좀 더 넓은 세상에서 돈 걱정 없이 살아갈 수 있도록 해줘

야 해. 난 늙어서도 아이들에게 짐이 되지 않는 엄마가 될 거야.'

아이들을 힘겹게 키워내느라 막막했던 시간이 어느 정도 흐르자 기다렸다는 듯이 다음 과제가 나를 재촉했다.

'내가 아프면 아이들을 보살필 사람이 없어. 그리고 공부를 하려면 체력이 돼야지. 그러니까 운동을 매일 해야 해.'

몸이 아파도, 기분이 좋지 않아도 새벽마다 어김없이 뛰었다. 피곤해도 책을 들고 다니며 읽고, 이해를 하든 못하든 온라인 강의를 들었다. 퇴근 후 책상에 앉아 그날 공부한 것을 요약하고, 다시 읽었다. 휴가를 내서 임장을 가고 낯선 동네를 종일 걸었다. 20~30킬로미터를 걷고 저녁엔 발바닥에 잡힌 물집을 짜냈다. 그렇게 걸어다니고도 도무지 감을 잡지 못하는 내 무능력에는 잠시 쉬는 것도 사치 같았다.

지방에 있는 아파트를 사고 전세를 놓아 투입 비용을 줄이려고 애를 썼다. 중개수수료와 등기비로 목돈이 나갔다. 저축해둔 돈과 비상금을 이리저리 재배치하고 급할 땐 보험 대출도 받았다.

고민이 생겨도 상의할 곳이 없었다. 온라인 강의로 배운 것과 책에서 얻은 지식, 하루 종일 걷기만 한 어설픈 현장 감각을 최대한 상기했다. 휴가를 낼 수 없을 땐 계약을 위해 인감증명서와 위임장을 등기우편으로 보냈다.

겁도 났다. 내가 제대로 하고 있는 건지, 이렇게 하는 게 맞는 건지 밤새 고민했다. 잔금을 입금할 때마다 손이 덜덜 떨렸다. 이런 결정 하나하나에 그동안 내가 공들인 시간이 증명되어야 한다. 불안할수록 책을 내려놓을 수 없었다. 무슨 강의라도 듣지 않으면 나만 뒤처지는 것 같았다. 휴일에도 늦잠을 잘 수 없었다. 내가 쉬는 이 시간에 다른 사람들은 공부하고 앞으로 나아갈 것만 같았다.

여느 날과 마찬가지로 책상에 쌓여 있는 책 두 권을 출근 가방에 욱여넣었다. 신문을 옆구리에 끼고 귀로는 부동산 팟캐스트를 들으며 출근하는 길이었다. 신호 대기로 인해 잠시 차를 세웠다. 창밖으로 바람에 흔들리는 여린 꽃나무가 보였다. 위태해 보였다.

'저러다가 부러지지는 않을까.'

꽃나무가 혼자 꾸역꾸역 바람을 맞고 있었다. 옆에서 막아줄 큰 나무도 없고, 혼자 버티는 그 가지가 튼튼해 보이지도 않았다. 내일 저 꽃을 다시 볼 수 있을까. 슬픈 마음이 들었다. 신호가 바뀌고, 앞으로 나아갔다.

직원식당까지 오고 가는 시간이 아까워 집에서 싸 온 도시락을 대충 먹은 뒤 신문을 폈다. 앉아 있으면 졸릴까 봐 서서 읽기 시작했다. 신문을 다 본 뒤 읽어야 하는 책이 보였다. 굳은 어깨가 뻐근해져 왔다. 눈이 일순간 침침하다가 돌아오기를 반복했다. 신문을 다 읽고 책을 펴는데 갑자기 구역질이 올라왔다. 머리가 아팠다.

노을을 보며 퇴근길을 재촉했다. 온라인으로 신청한 중요한 부동산 강의가 있는 날이었다. 빨리 집안일을 마치고 강의에 접속해야 한다고 생각했다. 차를 달릴수록 멀어지는 것 같은 노을을 쳐다보는데 이유 모를 눈물이 펑펑 났다. 슬픈 음악을 들은 것도 아니고, 배가 고픈 것도 아닌데.

운전을 할 수가 없어 갓길에 차를 세웠다. 그 와중에도 온라인 강의 생각이 생각났다. 허겁지겁 코를 풀고 다시 차를 몰았다. 갑자기 아무것도 하기 싫다는 생각이 머리와 가슴에 쿵 떨어졌다. 토할 것 같았다.

직장인들의 번아웃에 대한 기사를 본 것이 생각났다. 인터넷에 번아웃 증후군을 검색했다.

'내가 뭘 했다고 번아웃이야. 번아웃 증상? 어떤 건 맞고 어떤 건 안 맞네.'

하지만 책과 신문을 펼치면, 강의를 들으려고 노트북을 켜면 속이 울렁거리고 토할 것 같은 증상이 계속되었다. 새벽 4시에 침대에서 힘겹게 몸을 일으킬 때마다 나만 이 이른 시간에 일어나 있는 것이 뿌듯하다고 생각해왔지만, 사실은 울적했다. 운동복을 주섬주섬 입는데 눈물이 났다. 나는 괜찮다, 나는 괜찮다 중얼거리며 소매로 눈물을 훔치고 억지로 운동복을 입었다. 빨리 뛰기 위해 얇게 입은 운동복이 갑옷처럼 무겁게 몸을 짓눌렀다.

모자를 쓰고, 양치를 하고, 장갑을 끼고, 이어폰을 꽂으면서, 여느 때와 다름 없는 하루를 시작하면서 훌쩍훌쩍 울었다. 나 혼자서 컴컴한 그 길을 달리는 것이 사실은 싫었다. 새벽의 찬 공기가 무섭고 싫었다. 망설이지 말라고, 속도 늦추지 말라고 쉴 새 없이 나를 독촉하는 시끄러운 음악이 머릿속을 할퀴는 것 같았다.

일과를 끝내고 침대에 누우면 항상 되물었다.

'난 왜 살고 있는 거지?'

그럼 어김없이 정해진 답을 떠올렸다.

'왜 살긴. 넌 해야 할 일이 많아. 애들도 아직 더 키워야 하고 대출도 갚아야 해. 넌 가장이고 엄마야. 돈도 더 벌고, 청소도 하고, 운전도 해야 해. 모두 네 몫이야.'

살아야 하는 이유를 정확히는 모르겠지만, 세월의 흰 눈이 머리 위에 소복하게 내리기 시작하는 그날이 올 때 내 모습이 행복하게 보였으면 했다. 그리고 죽기 살기로 매달려 얻어낸 내 직업에 대한 책임감, 사랑하는 우리 엄마에게 자랑스러운 딸이 되고 싶은 마음이 있었다. 더 욕심내자면 절대 내가 결혼생활을 망친 게 아니고, 이렇게 열심히 사는 나에게 엄마 자격이 없다고 말한 당신들이 틀렸다고 증명해보이고 싶었다. 나는 모든 순간에 최선을 다했다. 그 결과가 사회적 잣대에 미치지 못했다 하더라도 나름 가치 있었던 삶으로 인정받기를 원했다.

사실 나도 살기 싫을 때가 있었다. 매일 더해지는 걱정과 한숨에 숨이 막혔다. 하지만 나를 대신할 사람이 없었다. 그러니 아직은 쉬면 안 된다고 매일매일 나의 하루를 검열했다. 내 가치를 증명하고 싶었다. 힘들지 않은 척했다.

"애들아, 엄마 이제 힘든 것 같아. 요즘…… 아무것도 하기 싫어."

아이들이 제법 많이 컸다. 더 이상 불안해하지 않아도 된다. 지금까지는 아이들에 대한 책임을 다하기 위해 절박하게 달렸지만, 이제 조금 속도를 늦춰도 되지 않을까.

"그럴 때도 됐지. 엄마가 철인이야?"

놀랄 것도 없다는 듯 아이가 담담하게 말했다.

"왜 그렇게 몸을 못살게 해, 엄마? 잠도 좀 자고 다른 엄마들처럼 주말에는 소파에 누워서 드라마도 좀 보고 그래. 엄마는 대체 무슨 낙으로 살아? 쉬는 날에도 늘 같은 시간에 뛰러 나가고, 러닝 끝나면 급하게 가방 챙겨서 공부하러 나가고. 집에 와서도 책상에만 앉아 있잖아. 엄마는 그게 행복해? 그게 정말로 좋아?"

아이의 건조한 말에 무슨 대답을 해야 할지 몰라 순간 말문이 막혔다. 내가 나를 괴롭혀온 건가? 나는 이 생활이 정말 행복한가? 아이와의 대화가 신호탄이라도 된 듯 내 방 책상에 한가득 쌓아둔 책들이 너무나도 보기 싫어졌다. 의무감으로 읽기 시작한 책이 산더미같이 쌓여 있었다.

"그럼 엄마가 이제 조금 쉬어도 될까?"
"아무도 엄마한테 그렇게 빡빡하게 살라고 안 했어. 나는 엄마처럼 살면 정말 불행할 것 같아."

행복한 엄마가 되고 싶어서 매일매일 박차를 가했던 내 숙제들을, 아이들은 보는 것만으로도 숨 막혀 하고 있었다.

구토 증상, 그리고 내 안의 조바심과 꽤 여러 날을 싸워댔다. 결국 당분간 아무것도 하지 않기로 했다. 더 하려고 해도 이미 몸과 내 의지가 움직이지 않았다. 새벽 3시 58분부터 3분 간격으로 맞춰놓았던 알람을 해제했다. 습관처럼 소스라치며 일어나던 나에게 잠을 허용했다. 한 장이라도 더 읽으려고 잠을 쫓아가며 읽던 책을 한쪽으로 밀어놓고 아이들이 보는 TV 프로그램을 흘끗거렸다. 재미있으면 잠시 구경하기도 했다.

휴일이면 하루 종일 머물렀던 카페에 책과 노트북을 가져가지 않고 빈손으로 앉아 있어 보았다. 아이와 놀아주며 행복한 표정으로 커피를 마시는 아이 엄마, 무엇이 그렇게 재미있는지 깔깔대며 이야기를 나누는 학생들이 보였다. 각자 휴대폰을 들여다보다가 몇 마디 대화를 하며 웃는 부부가 보였고, 생글생글 웃으며 대화 나누는 연인들이 보였다. 누구보다 이곳에 오래 앉아 있었지만 한 번도 보지 못한 풍경이었다. 고개를 들어 주변을 보니 사람들은 정말 편안하게 이 시간을 즐기고 있었다. 아무도 나처럼 다급해 보이지 않았다.

출근길, 시동을 걸자마자 듣던 부동산 팟캐스트, 동영상 강의를 더 이상 틀지 않고 운전했다. 음악도 켜지 않았다. 그저 그날의 하늘, 흘러가는 구름과 떼 지어 가는 새들을 여과 없이 지켜보았다.

매일 옆구리에 끼고 출근했던 경제신문 구독을 중단했다. 여전히 점심은 혼자 먹었지만, 식사 후에 읽을 신문이 없으니 밥을 천천히 먹게 되었다. 점심시간에 여유가 생겨 창가에서 햇빛을 쬈다. 졸리면 그냥 졸았다.

죄책감을 느끼려고 하는 내 마음을 타일렀다. 괜찮다고, 가끔은 시간을 그대로 흘려보내며 천천히 가도 된다고 위로하는 연습을 하기로 했다.

애들아, 엄마가 계속 씩씩하게 살긴 할 건데……, 지금은 조금 쉬어가도 될까?

엄마, 나 이제 조금 쉬어가도 될까요? 엄마한테 말 못 했는데, 사실은 힘들어요. 매일을 숙제처럼 살아내도 내일이 되면 또 새로운 하루가, 해치워야 할 숙제가 생겨요. 그래서 너무 속상했어요. 나 조금만, 조금만 천천히 갈게요.

엄마만큼 잘할 수는 없겠지만, 지금은 숨이 차서 이렇

게 걷고 있지만, 그래도 끝까지 포기하지 않을게요. 아름답고 길었던 나의 삶, 그 끝에 다다랐을 때 여기까지 뛰어오느라 수고했다고, 애썼다고 엄마한테 칭찬받을 수 있도록.

에필로그

무더웠던 몇 년 전 여름, 방학을 맞아 아빠 집에 놀러 간 아이들의 빈자리를 낯설어하며 텅 빈 식탁에서 타박타박 글을 쓰던 때가 생각납니다. 심적으로 힘든 시기였고 원망이 가득했던 때였는데, 무슨 용기가 났는지 한편으로는 지금까지의 내 시간을 글로나마 정리해 놓아야겠다는 생각을 했던 것 같아요.

그리고 1년 전, 아이들을 데리고 일곱 번째 이사를 했습니다.

이사가 끝나고 풀지 못한 짐을 곳곳에 구겨 넣고 나면 늘 그랬듯 몸살이 찾아옵니다. 힘들어서라기보다는 아이들을 따뜻하게 보듬고 지켜낼 곳을 찾아 또 한고비 넘겼다는 안도감 때문인 것 같아요.

이번에 이사를 하는 덕분에 또 다른 곳에서 살아볼 기회가 주어졌습니다. 예전에는 홀로 아이들을 끌어안고 이 동네 저 동네 이사하는 것이 참 서럽고 힘들었는데 이제는 조금씩 그 낯섦을 즐기려고 노력합니다.

초등학교 입학식에서 멀찍이 떨어져 있는 엄마와 아빠를 불안한 눈빛으로 바라보던 첫째 아이는 어느덧 대학생이 되었습니다. 내년이면 고3 수험생이 되는 두 살 터울 동생에게 엄마도 하지 않는 공부 잔소리와 진로에 대한 충고를 하네요.

아이들은 지금까지도 아빠와 고모들을 자유롭게 만나고 있습니다. 예전과 달라진 것이 있다면, 이제 스스로 판단할 수 있을 만큼 자란 아이들이 엄마와 아빠에게 잔소리도 서슴없이 한다는 것이지요. 아이의 힘들었던 사춘기를 지켜봤던 저로서는 정말 기쁘게 받아들이고 있습니다. 성장하면서 겪는 방황의 시절을 건강하게 잘 지내오고, 온전한 가정이 아니었음에도 어른들의 사정을 이해해 준 두 아이에게 정말 큰 감사함을 느낍니다. 힘들어도 포기하지 않도록, 좌절하고만 있지 않도록 아이들이 저를 키워온 것이나 마찬가지라는 생각이 듭니다.

30대 초반, 아이들을 데리고 섬에 들어가며 온갖 두려움에 눈물을 훔치던 저도 이제는 40대 중반의 직장인이자 조금은 성숙해진 엄마가 되었습니다. 암 수술 후 매년 받는 추적검사를 올해도 무사히 넘겼습니다. 경과는 여전히 좋습니다. 혈액 수치도 좋고 전이 의심도 없다고 주치의 선생님께서 밝은 얼굴로 말씀하셨어요.

암 진단을 받은 서른 살 저를 안심시키며 수술을 집도하셨던 선생님의 머리에는 어느새 눈발이 잔잔하게 흩날리고 있습니다. 주치의 선생님의 칭찬에 이렇게 또 매년 치뤄야 할 숙제를 무사히 끝냅니다. 그리고 1년 치의 약을 손에 꼭 쥐고 집으로 왔습니다.

저의 삶은 이혼하기 전과 이혼한 후로 나뉩니다. 많은 변화가 있었던 만큼 성장했음을 느낍니다. 혼자 감당해야 했던 끝도 없는 육아와 집안일, 직장 일보다 저를 힘들게 했던 것은 결혼생활을 견디지 못하고 중도에 하차한 것에 대한 주위의 부정적인 시선, 내가 가장이 된 우리 집은 이제 남들처럼 평범한 가정이 아니라는 자격지심, 그럼에도 불구하고 아무렇지도 않게 행동해야 한다는 스스로에 대한 채찍질이었습니다.

아이들을 단 한순간도 놓치기 싫었고, 이 선택이 옳았음을 증명해 보이고 싶었습니다. 그러려면 가정에서나 회사에서나 강해져야 했습니다. 그 과정에서 몸과 마음이 많이 아프기도 했습니다. 정작 스스로를 아끼고 사랑할 힘은 비축해두지 못했다는 것을 많은 시간이 지나서야 알게 되었습니다.

생각해보면 저는 남들의 평가에 굉장히 민감하고 인정받는 것에 대한 갈망이 큰 사람이었습니다. 결혼생활을 하면서 시누가 제게 '남편에게 사랑받지 못하는 올케'라고 말했을 때나 전남편이 바람 상대를 '고마운 여자'라고 표현했을 때 제 마음이 그렇게 아팠던 것을 보면요.

저와 같은 어려움을 겪고 계신 분이 있다면 자신을 탓하지 말라는 말씀을 드리고 싶습니다. 그래서 이 책을 썼습니다. 그리고 뻔한 말 같지만, 지금 나를 관통하고 있는 이 '시간'이 사실은 힘겹고 고통스러운 현재 상황들 역시 조금씩 희석시켜주고 있다는 것을 아셨으면 합니다.

이 에필로그를 한 단어로 표현하자면 바로 '감사'입니다. 살면서 비바람도 겪었고, 남들이 보기엔 평범할지 몰라도 저에겐 힘들었던 많은 시간을 이고 지고 걸어왔습니다. 주변을 살필 여유도 없이 급하기만 했던 걸음을 잠시 멈추고 돌아보니 마냥 힘들기만 한 줄 알았던 시간이 결국 나를 성장시킨 감사한 날들이었습니다.

지나간 일들을 되새기며 분노하는 것은 저에겐 더 이상 의미가 없습니다. 저는 이제 더 나아질 미래로 시선을 돌렸고, 경제적 자유를 위해 이제 막 공부를 해나가고 있어요. 과거를 생각하며 눈물짓기보다는 어제보다 더 성장하기 위해 스스로를 응원하고 있습니다. 힘들었던 시절 상담 선생님께서 '결국 세월이 벌줄 겁니다'라는 말로 저를 위로해주셨듯 이제는 스스로를 응원하고 싶습니다.

결국, 세월이 나에게, 우리에게 상을 줍니다.

그래도 끝까지 살아볼 겁니다

초판 1쇄 발행 2023년 9월 7일

지은이   서진후
펴낸이   최현준

편집   구주연, 이가영
디자인   김소영

펴낸곳   빌리버튼
출판등록   제 2016-000166호
주소   서울시 마포구 월드컵로 10길 28, 201호
전화   02-338-9271
팩스   02-338-9272
메일   contents@billybutton.co.kr

ISBN   979-11-92999-15-9 (03810)